저도 이렇게

극복하고 있습니다

저도 이렇게 극복하고 있습니다

2021년 11월 25일 펴냄

지은이 | 안명선
펴낸이 | 손상민
펴낸곳 | 나무와바다
등록 | 제567-2017-000024호
주소 | 창원시 성산구 동산로 186번길 7
홈페이지 | www.퇴근후책쓰기.com
전자우편 | neo7796@hanmail.net
블로그 | blog.naver.com/mangocompany
ISBN | 979-11-965514-7-6
편집 | 손상민
디자인 | 소일프로젝트

이 도서는 한국출판문화산업진흥원에서 주관한 '2021년 인생나눔교실 (예비)
멘토 양성 교육 사업'에서 우수 자서전으로 선정되어 제작비를 지원받았습니다.

저도 이렇게
극복하고 있습니다

안명선 지음

20년차 워킹맘
죽어야 사는 여자
안명선의
현실 공감 에세이

나무와 바다

차례··

저도 이렇게 극복하고 있습니다

자서전을 쓰기 시작하면서 지나간 세월과 마주하는 일이 내게는 무척 힘들었다. 그것은 상처투성이로 얼룩진 내 모습과 나의 욕심으로 인해 생긴 가족들의 아픔을 함께 돌아보는 일이었기 때문이다.

엄마로서 일하는 여성으로서 두 가지 역할을 모두 성공적으로 해내기 어려운 것이라 알고 있었지만, 둘 다를 완벽하게 해내고 싶었던 욕심이 매일 밤 나를 괴롭혔다.

대구에서 1남 4녀 중 셋째 딸로 태어난 나는 어릴 때부터 몸이 허약해 병을 달고 살았다. 공부를 곧잘 하고 항상 부모님을 기쁘게 해주는 두 언니와 존재 자체로 주목받는 남동생, 귀염둥이 막내 여동생을 제치고 부모님의 관심을 받기란 쉬운 일이 아니었다.

나는 부모님에게 오직 안쓰럽고 아픈 자식이었던 것 같다. 부모님은 오남매가 성적표를 다 같이 들고 오더라도 내 성적표만은 보지 않으셨다.

"우리 안나는 학교 잘 다니고 건강하면 된다."

아버지도 어머니도 같은 말씀을 하시고는 했다. 어머니는 지금도 일을 하며 가정을 돌봐야하는 내 걱정에 하루하루 사선을 넘나든다. 하루에도 몇 번씩 전화를 걸어 안부를 묻고, 통화가 되지 않을 때는 불안해서 아무 일도 손에 잡히지 않는다고 한다. 그러면서 쉰 넘은 딸에게 "힘든 일이 있으면 언제든 얘기해라. 혼자만 고민하지 말아라."고 하시니 난 그런 엄마가 더 걱정이다.

두 아이 출산 후 일을 하고 싶다는 내게 남편은 두 가지 조건을 제시했다.

첫째, 어린 두 아들의 돌봄에 방해되지 않아야 한다.

둘째, 농번기에는 시댁에 가서 농사일을 도와야 한다.

고로 두 아들을 잘 보살피면서 농번기 한 달 정도는 결근이 가능한 직장이어야 했다. 과연 그런 직장이 있을까?

그래서 나는 직장 대신 프리랜서를 택했고, 지금은 나와 같은 처지의 엄마들을 위해 탄력적 출근이 가능한 회사를 운영하고 있다.

대표와 직원이 모두 여자라서 편견 어린 시선으로 바라보는 사람들의 인식을 마주하며, 작은 자본금으로 시작한 우리 기업이 좌충우돌하며 지금껏 버텨올 수 있었던 이유와 현재 창업을 준비하거나 일하는 엄마들과 함께 나누고픈 이야기를 담아 책을 쓰게 되었다.

외부 일로 바쁜 내게 "엄마가 소년원 형아들에게 통닭이랑 콜라를 사갈 때 우리는 집에서 굶고 있었다는 사실을 죽을 때까지 기억하며 살라."고 했던 큰아들은 최근까지도 이 사람은 이래서 마음에 안 들고 저 사람은 저래서 마음에 안 든다며 불만을 털어놓는다. 그럴 때마다 나는 이 사람 저 사람 다 빼면 자기 혼자 직장에 다녀야 하는데 웬만하면 맞춰서 살아 보라고 조언한다.

작은아들 역시 이래서 싫고 저래서 싫다고 하소연하고 급기야 남편은 두 아들도 싫다고 하니, 세 사람을 설득하는 나의 심정은 어디 한 곳 털어놓을 데가 없었다.

가족에게 위로받지 못한 내가 회사 대표를 하면서 승승장구를 했던 것만도 아니다. 남들은 '성공했다' '대단하다'며 추켜세우지만 대표 자리라는 것은 어떤 때는 차도에 뛰어들고 싶을 정도로 외롭고 힘든 자리이기도 했다.

단언컨대 나의 작은 성공은 아이들의 외로움과 슬픔이었다. 하지만 세월이 흘러 지금은 자신의 길을 향해 나아가고 있는 아이들을 보며 "세상에 공짜는 없다."라는 우리 집 가훈처럼 가족이란 고통과 슬픔, 서로에 대한 미움과 사랑을 토대로 성장한다는 사실을 배웠다.

현재 큰아들은 직장생활을 하며 대학원공부까지 마친 후 이제 대학에 강의를 나간다. 내가 걸어온 길과 비슷한 길을 가는 큰아들은 이제 나의 가장 든든한 지지자가 되었다.

아직 꿈을 향한 도전을 멈추지 않은 둘째 아들은 고등학교를 자퇴한 후 검정고시에 합격해 청소년지도사를 꿈꾸다가 프로 골프선수로, 이제는 래퍼로 꿈을 바꾸었다. 작은아들의 꿈의 종착지가 어디가 될지는 모르지만, 꿈이 있다는 사실만으로도 응원하는 중이다.

성장한 아이들은 내게 말한다. 자신들은 길고 긴 사춘기를 지나왔지만 엄마의 갱년기 보다는 약했다고. 나의 갱년기가 자신들의 사춘기를 이겼다고 말이다.

일하면서 밖에서 시달리고 집에서 더 힘들어했던 내게 잠자는 시간만큼은 무덤 속 시간처럼 평화로웠다.

작은 기업의 대표로, 두 아이의 엄마로, 한 남자의 아내로 살아왔던 내가 오로지 쉴 수 있었던 시간은 잠자는 시간이었고, 그 시간 동안 나는 죽어있다고 생각했다. 그래서 나는 나를 두고 '죽어야 사는 여자'라고 생각했다. 책의 원래 제목도 '죽어야 사는 여자'였다.

하지만 출판사와의 협의 끝에 책 제목이 지금의 제목으로 바꾸었다. 다사다난했던 우리 가정도 "이렇게 극복하고 있다"는 내용이라면, 누구라도 잘 이겨낼 수 있다는 용기를 얻을 거라는 말에 동의할 수밖에 없었다.

강직한 남편과 그런 아빠의 성품을 그대로 닮은 큰아들, 그리고 나의 자유로운 사상을 닮은 작은 아들, 이들과 함께 겪은 잊지 못할 일들을 쓰면서 육아에 분투하는 엄마들에게 책의 제목처럼 "저도 이렇게 극복하고 있는 중입니다."라고 전해주고 싶었다.

나와 같은 처지의 여성들이 잠시나마 위로를 받을 수 있다면 다행이겠다. 가족과 직원들, 그리고 세상 모든 엄마들에게 감사와 사랑을 보낸다.

안명선

1장··

안나의 이야기

셋째 딸 안나

정확히 새벽 6시 40분, 휴대폰이 요란하게 울린다. 액정화면에는 엄마의 번호가 떠 있다.

"우리 안 박사님, 간밤에 잘 잤어? 이제 일어나서 또 다른 오늘을 준비해야지!"

나는 엄마와의 통화로 하루를 시작한다. 지금 당장 눈을 감아도 아쉬울 게 없는 인생이건만 오로지 셋째 딸 하나 때문에 눈을 못 감겠다는 우리 엄마.

효녀 심청은 눈먼 아버지를 위해 공양미 삼백 석에 몸을 던졌고 나는 엄마를 불안하게 한 덕(?)에 엄마의 수명을 늘리고 있으니 나 역시 효녀인걸까?

내가 태어난 겨울은 유난히 추웠다고 한다. 수돗가 얼음이 쨍쨍 얼어 빨래 방망이로 한참을 부수어야 했을 만큼 갑작스러운 추위가 몰아닥친 1967년 12월 24일, 내가 태어났다.

첫째도 딸, 둘째도 딸이었기에 세 번째 민큼은 꼭 아들이어야 한다는 할머니의 바람을 뒤로 한 채 태어난 안씨 문중 셋째 딸이었다.

딸이어도 건강하게만 태어나게 해달라는 기도를 올렸던 엄마와 달리, 아버지는 셋째도 딸이라는 소식에 딸내미 얼굴도 보지 않고 집을 나가셨다고 한다. 엄마는 보에 쌓여 꼼지락거리는 나를 안을 기운도 없어 그저 바라만 보았는데, 연이은 딸 소식에 할머니조차 오지 않으셔서 위로 두 딸과 누워있는 나를 보며 한참을 울었다고 했다.

얼마나 서러웠던지 아기예수님 탄생으로 세상이 들뜨고 기쁜 날, 엄마는 보에 쌓여 있는 나를 바라보며 몹쓸 생각까지 했단다.

"보에 쌓여 자고 있는 너를 가만히 이불로 얼굴을 덮었지. 그런데 니가 꼬물꼬물 움직이면서 이불을 걷어차더라고. 마치 '엄마! 나 여깄어'라고 말하는 것처럼."

엄마는 그날 무슨 생각을 했는지 본인조차 알 길이 없지만 그때의 행동이 항상 미안하다고 했다.

그 일 때문일까. 엄마는 빵점을 맞아 놓고도 "엄마 나 백점!" 하며 금방 들통 날 거짓말을 했던 셋째 딸에 대한 걱정을 여전히 놓지 못하신다. 늘 엄마를 안심시키려 했던 나를 누구보다 잘 아는 엄마는 또 자신을 위해 거짓말을 하는 건 아닌지, 어디서 사기를 당하고도 말을 못하는 건 아닌지 늘 불안해하신다.

이제 여든셋의 엄마는 가끔 오늘이 몇날몇일인지, 무슨 요일인지, 아침인지 밤인지 헷갈려 하신다. 낮잠을 자고 일어나면 혼자 혼돈의 세상에서 허우적거릴 때도 있다.

"빌어먹을 수 있는 힘만 있어도 그것은 하느님의 축복"이라는 엄마 말씀처럼 매번 이웃을 위해 자신을 기꺼이 내어주시는 우리 엄마. 혼돈의 세상에서도 매번 다른 사람들 걱정이 먼저다.

707호 할머니는 다리가 아파 시장을 보기 어려우니 반찬을 만들어서 갖다 줘야 하고, 303호 사시는 할머니는 치매에 걸려서 할아버지가 수발을 다 드니 반찬을 해줘야 한다고 하시면서 통화를 할 때마다 지금이 몇 시인지 묻는다. 우리의 통화는 하루에도 몇 번씩 수시로 이어진다. 아침, 점심, 저녁 그리고 밤 11시. 마지막 통화에서 엄마와 나는 내일을 또 기약하며 대화를 끝낸다.

늘 출장을 다니는 셋째 딸이 걱정인 엄마, 위로 언니가 둘이고 아래로 남동생, 여동생까지 모두 다섯의 아이를 두고도 유독 셋째 딸이 제일 걱정되는 엄마. 아마도 당신의 삶과 비슷한 삶을 사는 딸이어서 그런 건 아닌지, 아니면 빵점을 맞고도 백점이라고 소리치며 해맑게 웃던 어린 시절 내 모습이 유독 기억에 남아있기 때문인지도 모르겠다.

평생을 무능력한 아빠 탓에 갖은 고생을 하셨던 엄마는 장사를 하며 애들을 키운 자신의 삶과 어린 두 아들을 두고 일을 하겠다며 전국에 강의를 다니는 내가 비슷하게 느껴지셨던 모양이다. 능력 있는 사위가 있는데 집에서 놀면 되지 왜 일을 다니며 사서 고생을 하느냐고 퉁을 주지만 엄마는 늘 셋째 딸의 열혈 팬을 자처하신다.

어떤 옷을 입고 무슨 구두를 신었는지 오늘은 무슨 일을 하는지 누구를 만나고 어떤 회의를 하는지 시시때때로 묻는 엄마는 나의 매니저이기도 하다. 열혈 팬에 매니저 역할까지 두루 해야 직성이 풀리는 엄마가 가끔 업무에 방해가 되기도 하지만, 세상천지 내가 엄마라고 부를 수 있는 유일한 분이시기에 일순간 들었던 불편한 마음이 눈 녹듯 사라진다.

영원한 멘토 엄마

칠순을 넘기신 엄마, 이른 아침부터 봉사활동 가는 시간이 늦었다고 오랜만에 친정 나들이 온 딸을 뒤로 하고 서둘러 나가셨다. 대구 '노인의 전화' 봉사활동으로 독거 어르신들에게 전화를 걸어 안부를 묻는 일이다. 명단에는 당신보다 열 살이나 어린 영감도 있다고 하시지만 그래도 통화할 때는 깍듯하게 자신이 한참 어린 동생처럼 말씀하신다고 했다.

"빌어먹을 수 있는 힘만 있어도 그건 주님의 축복"이라고 하시던 우리 엄마의 인생에서 봉사활동을 빼놓을 수 없는 데는 그만한 사연이 있다.

엄마는 남들에게 인심 좋고 얼굴만 잘생긴 무능력한 아버지를 만나 억척스럽게 오남매를 키우셨다. 우리 가족은 넉넉한 형편은 아니지만 부족함 없이 살았는데, 내가 고등학교 1학년이 되던 1983년, 아버지의 잘못된 보증으로 살림이 기울었다.

엄마는 늘 고생을 많이 한 큰언니만 시집보내면 죽어도 여한
이 없다는 말을 입버릇처럼 하셨다. 일 년 뒤 엄마의 소원대로
큰언니가 시집을 가고 둘째 언니는 서울로 유학을 갔다. 엄마는
남동생과 여동생, 그리고 나를 데리고 동네에서 제일 높은 3층
주택에서 더 작은 점포주택으로 또 더 작은 아파트로 집을 옮
겼다.

엄마는 우리를 위해 쉬지 않고 일하셨다. 엄마가 봉사활동
을 시작하고 이웃을 돕는 일도 그때부터 시작했던 것 같다. 당신
이 힘들 때 쌀을 갖다 주신 분, 아무 이자도 없이 돈을 빌려주신
분, 주변 분들에게 많은 신세를 졌다고 하시면서 말이다.

집이 좀 안정된 후에는 1996년 3월, 꽃동네라는 곳이 도움
을 필요로 한다는 TV방송을 보고는 여러 날 고민 끝에 꽃동네
에 직접 전화를 거셨다. 그리고는 3년 할부로 앰뷸런스 한 대를
기증하셔서 주위를 놀라게 했다.

처음에는 엄마가 좀 야속하다는 생각이 들었다. 우리가 그렇
게 잘사는 집도 아니고 평범한 집에서 환갑이 지나도록 일을 해
야 하는 엄마의 처지에 수천만 원에 달하는 응급차를 기증하겠
다는 걸 어떤 자식이 선뜻 이해할 수 있을까.

우리의 불편한 마음을 알았던지 엄마는 가족 모두가 모인
추석 명절에 앰뷸런스 기증에 대한 이야기를 꺼냈다.

"내가 앰뷸런스를 기증한 건 나도 힘들 때 남에게 도움을 받

았고 이제 내가 그 은혜를 갚을 시간이라고 생각했기 때문이다. 또 내가 늙고 병 들면 신부님이 꽃동네에 와서 살면 된다고 하셨다. 나이 들어 너희들에게 짐 되는 일은 없을 끼다."

엄마는 우리 살림이 다시 일어난 것은 모두 주변의 도움 덕분이고 주님의 은총이었기에 꼭 갚아야 하는 거라고 설명하셨다.

엄마의 뜻을 이해한 우리는 "엄마가 이제 좀 편하게 사셨으면 좋겠는데 앰뷸런스 할부금 때문에 또 무리해서 힘든 일을 할까봐 그게 걱정된다."고만 말하고 입을 닫았다. 그 후로도 엄마의 선행은 쭈욱 계속됐다.

한번은 한 수녀님이 운영하는 보육원에 이불이 부족하다는 이야기를 전해 들으시고는 근처 서문시장에 가서 이불 스무 채와 아이들 겨울 파카까지 구입해 배달했다.

어떤 일이 있어도 받은 은혜를 두 배로 갚아야 한다는 우리 엄마. 엄마는 지금도 꽃향기는 천 리를 가지만 사람의 덕은 만 리를 간다고 하시며 늘 감사하고 이웃에게 베풀며 살아가라고 말씀하신다.

엄마도 팔순이 훌쩍 넘으셨기에 이제는 좀 편히 살면 좋으련만 이웃에 혼자 사는 어르신이 있으면 식사는 잘 하는지, 반찬은 있는지 꼭 확인하고, 아파서 장에 못 가는 어르신들 심부름까지 도맡아 하신다.

내가 사회적기업을 운영하게 된 계기도 이런 엄마가 몸소 보여주신 가르침 때문이다. 엄마는 내가 일과 육아에 지쳐 전화를 하면 힘내라는 말과 함께 꼭 당부하시는 말씀이 있다.

　"안나야! 힘들제? 그래도 누구 하나 알아주지 않는 일이지만 누군가 꼭 해야 할 일이라면 험한 일은 내가 한다는 마음으로 세상을 살아가야 한다. 알겠나?"

　그런 엄마의 목소리를 들으며 나는 오늘도 힘차게 일한다.

　엄마 사랑해요!

기다려주신다면 "사랑합니다" 말하고 싶다

오늘은 아버지의 첫 제사가 있는 날이다. 모처럼 친정 가족들이 한자리에 다 모였다. 서울에 있는 첫째, 둘째 언니와 형부들, 미국에 있는 동생과 제사가 낯선 스티브 제부, 대구에 살고 있는 남동생 내외까지 모두 엄마 집에 모였다. 환한 미소로 우리를 바라보시는 아버지 사진을 제사상 위에 올리고 제사 준비를 했다.

엄마는 아버지 영정사진을 힐끗 보더니 "뭐가 좋아 저렇게 웃는지 모르겠다. 저승이 이승 보다 편한가보다." 하셨다. 말이 그렇지 정 많은 엄마는 말이 끝나기 무섭게 눈시울이 붉어지더니 "미안하요. 내가 그렇게 독하게 안 해도 되는데 다섯 자식들 공부 시킨다고." 하시며 나지막이 우신다.

온화한 성품의 아버지는 언변도 좋으셔서 인기도 많고 주변에 따르는 사람들도 많았다. 하지만 한 가정의 남편이자 아버지로서는 무능력하기만 했다. 엄마로서는 그런 아버지에 대해 불만을 가질 수밖에 없었을 것이다.

아버지가 돌아가시기 전해, 설날에 남편, 아이들과 함께 친정에 갔다. 아버지는 오랜 당뇨로 살이 부쩍 많이 빠져 있었고 거동하는 것조차 힘겨워하셨다.

나는 결혼하기 전에는 아버지를 무척 좋아했다. 늘 어린 나와 잘 놀아 주셨고 요리도 곧잘 해주셨으며 인간적으로 따뜻한 면모를 가진 분이셨기 때문이다.

하지만 결혼을 하고 다시 본 아버지는 좀 달랐다. 아버지의 무능력함에 실망했고 같은 여자로서 엄마가 너무 고생하신 것 같아 안타까웠다.

평소 그런 마음을 가지고 있던 나는 그날 오랜만에 뵌 아버지에게 해서는 안 될 말을 하고 말았다.

여기가 아프고 저기가 아프고 아무래도 자신은 오래 못 살 것 같다는 아버지 투정에 순간, 우리를 키운다고 고생하신 엄마가 아버지 병수발까지 들면 어쩌나 하는 걱정을 했다. 그리고는 생각 없이 아버지에게 뼈아픈 한마디를 던지고 말았다.

"아버지는 아플 자격도 없어요. 엄마가 불쌍하지도 않아요? 아프다 아프다 말씀만 하지 마시고 그냥 그렇게 계시는 게 엄마를 도와주는 거예요."

지금 생각해보면 어떻게 그렇게 못된 말을 했는지 내 자신이 부끄러울 따름이다.

내 말을 들은 아버지는 아무 대꾸 없이 방으로 들어가셨다. 그게 나와 아버지의 마지막 대화가 될 줄은 꿈에도 몰랐다.

그 일이 있은 지 3개월 뒤 엄마에게 아버지가 편찮으시니 대구로 오라는 연락을 받았다. 기획사를 운영하는 나는 주말에 늘 행사로 현장에 가야했기 때문에 일을 마치고 저녁에 가겠다고 하고는 전화를 끊었다. 하지만 곧바로 다시 엄마한테 전화가 왔다. 아버지가 돌아가셨다는 전화였다.

한동안 나는 아무 생각을 할 수가 없었다. 우선 남편에게 연락하고 아이들을 챙겨 서둘러 친정이 있는 대구로 갔다. 가는 내내 아버지에게 지난번에는 제가 잘못했습니다. 그 말을 꼭 전하게 해달라고 빌었다. 잘못했다는 그 말을 꼭 해야 하는데, 조금만 더 기다려주신다면 할 말이 정말 많은데, 그리고 무릎 꿇고 당신에게 용서를 빌고 싶은데 아버지는 기다려주시지 않고 그렇게 내 곁을 떠나셨다.

기다려주신다면
아버지 불러가며
사랑한다 말하고 싶다

기다려주신다면

그 따뜻한 미소
얼마나 행복했는지 말하고 싶다

기다려주신다면
이젠 희생만 말고 즐기시라
하고픈 일 마음껏 하시라 말하고 싶다.

기다려주신다면
이젠 저에게 기대시라
짐 벗어 던지고 쉬시라 말하고 싶다.

묵묵히 자리 지켜주던 아버지
조금만 더 기다려 주지 않으시고
괜찮다 하시며 그렇게 떠나셨다.

2장··

두 번째 출산이
취업이 될 줄은 몰랐다

며늘아! 고추 따러 오이라

아침부터 시어머니 모닝콜.

"고추 따러 오이라."

이른 아침부터 서둘러 진주시 진성면 동산리로 향했다. 매일 출강, 심사, 컨설팅을 하느라 주말 동안 밀려 있는 자료정리를 하려고 했는데 또 밀리게 생겼다. 어쨌든 가야 하는 일이었기에 최대한 빠른 시간 내 임무를 완수하고 돌아와 할 일을 해야겠다는 생각에 마음이 급했다.

시댁에 도착하자마자 철저하게 무장을 한 다음 고추밭으로 향했다. 이글거리는 태양 아래 모자를 쓰고 팔토시며 얼굴 마스크에 손장갑까지 끼고 장화도 챙겨 신었다.

결혼해서 지금까지 남편의 조건 중 하나는 농번기에는 무슨 일이 있어도 시댁에 가야 한다는 것이었다. 직장을 다니든, 어떤 일을 하든지 농번기에는 시댁에 가야 한다는 조건이 두 번째,

첫 번째는 가사일과 아이를 돌보는 일은 철저하게 내가 해야 한다는 조건이었다.

어디 이런 조건을 다 들어주는 직장이 있을까 싶지만, 남편의 논리는 간단하다. 각자의 위치에서 업무 분장으로 맡은 바 일을 다 하자는 것이다.

나는 결혼하기 전, 병원에서 전문보건직으로 일했지만 결혼 후 남편이라는 까다로운 상사를 만나 가족 내 업무 분장을 위해 직업을 포기했다.

하지만 포기도 잠깐, 프리랜서 강사로 활동하다가 사회적기업 ㈜해맑음을 창업했다. 해맑음 대표 안씨는 탄력출근제도를 도입해 누구나 아이를 키우며 다닐 수 있는 직장을 만들었다.

문제는, 내가 속한 또 다른 회사인 공안공공회사(공씨 남편, 안씨 아내, 공씨 큰아들, 공씨 작은아들) 대표 공씨남편은 노사협의가 안 되는 분이라는 점이다.

여하튼 시어머니께서는 오늘 안에 고추를 다 따고 집에 내려가라는 업무지시를 내리셨다. 매미 소리에 귀가 먹먹하고 등줄기에 비 오듯 땀이 흘러내리기 시작했다. 흡사 홍수가 난 게 아닌가 싶을 정도였다.

순간에 최선을 다하자는 공안공공의 가훈에 따라 나는 두 골을 이리저리 옮겨 다니며 양쪽 고추를 뚝뚝 따서 가운데 고랑밭에 던졌다. 얼마나 시간이 지났을까. 남편이 소리를 질렀다.

"야! 지금 뭐 하는 거야?"

'보면 모르나? 고추 따고 있지.' 속으로 궁시렁거리며 "고추 따고 있잖아요." 볼멘소리를 했다.

남편은 내게 "붉은 고추만 따야지." 큰소리를 친다.

조금 전 시어머니는 이 밭의 고추를 다 따야 집에 갈 수 있다고 했는데 남편은 고추를 싹쓸이로 전부 다 땄다고 야단이다.

공장장이 둘이라 누구의 업무지시에 따라야 할 지 헷갈리는 순간이다. 시어머니 지시에 따랐는데 그게 아니었나보다. 초록색 고추까지 전부 땄다고 나는 밭에서 퇴출되었다. 나의 오늘 업무는 이렇게 끝이 났다.

나의 직업은 몇 가지일까? 사회적기업 대표, 두 아들의 엄마, 아내, 며느리, 딸... 업무량이 너무 많다.

다이어트 레시피

"카톡!"

아침부터 카톡 소리가 유난히 크게 들린다. 확인하니 특별한 분이 보낸 카톡이다. 출근 이후에는 천지가 개벽할 만한 일이 아니면 절대 연락을 하지 않는 '남편'이 보낸 메시지다.

"오늘은 아스파라거스, 토마토, 블루베리, 올리브오일, 오이고추를 꼭 사놓도록 하시오."

남편의 카톡에 우선 "알겠어요." 대답을 보내놓고 하던 일을 계속 했다.

아침에 지시한 내용을 퇴근한 다음 칼 같이 확인하는 남편이기에, 업무를 정리한 후 서둘러 마트로 향했다.

다행이 올리브오일, 블루베리, 토마토는 장바구니에 담았지만, 아스파라거스와 오이고추가 눈에 띄지 않았다. 점원에게 다가가 "혹시 오이고추랑 아스파라거스는 어디 있어요?"하고 물었더니, 내 말을 듣자마자 곧바로 "아! 빼빼주스 만드시나보네요." 했다.

점원이 찾아준 오이고추와 아스파라거스를 장바구니에 넣고 계산을 한 다음 주차장으로 향했다. 차에 짐을 내리고 휴대폰을 꺼내 '빼빼주스'를 검색했다.

빼빼주스는 일명 해독주스로 다이어트를 위해 마시는 주스로 소개되어 있었다. 살이 빠졌다는 사람과 크게 효과가 없다는 사람 등 의견이 분분했다.

평소 내 살에 관심이 많은 남편이었기에 빼빼주스는 분명 나를 위한 주스라는 걸 알 수 있었다. 내 몸 관리 하나 제대로 못해서 남편까지 거드는가 싶어 자존심도 상했지만, 이렇게까지 신경써주다니 고마운 마음도 들었다.

장을 보고 집으로 돌아왔다. 코로나 영향으로 일체의 외출을 자제하면서 부쩍 퇴근시간이 빨라진 남편이 먼저 도착해 있었다.

문제는 그때부터였다. 오늘부터 저녁은 빼빼주스만 먹고 끝내라는 남편과 무조건 식사는 해야 한다는 큰아들의 의견이 팽팽하게 맞붙었다.

아침에 출근하는 직장에는 대표가 나이지만, 퇴근 후 집으로 돌아온 이상 집안의 대표는 남편이다. 그런데 요사이 성인이 된 큰아들의 목소리가 커졌다. 거기다 다이어트에 있어서 이미 성공한 전력이 있는 큰아들이니 큰아들의 주장에도 일리가 있었다.

나의 다이어트에 대해 이토록 신경써주는 두 사람이 감사하기도 하지만 내 살을 두고 말다툼을 하는 모습을 보는 내 마음은 편치 않다. 이 집에서 나의 지분은 하나도 없구나, 싶어 한숨이 나온다. 그저 오늘도 아무 일 없이 지나가기를 바라는 말단 직원의 마음이 이런 거구나 싶다.

남편과 큰아들의 뜨거운 토론은 밤늦게까지 계속됐다. 운동에서 시작해 나의 식생활 전반에 대한 우려와 지적, 앞으로의 개선방안까지.

하지만 이들은 기억할까. 내가 결혼 후 28년째 다이어트 중이라는 사실을 말이다.

결혼 후 첫 생일선물

아이들이 한창 어릴 때 술에 취해 흥얼거리며 현관문을 들어서는 남편을 붙들고 "여보 내일이 무슨 날이지?"하고 물었다. 남편은 잠시 생각을 해보더니 "알지. 내가 알지. 이번에는 절대 안 잊어버리고 선물 꼭 사올게. 갖고 싶은 게 뭐야?" 했다.

난 남편에게 속옷선물을 꼭 받고 싶다고 말했다. 남편은 알았다며 연신 고개를 끄덕이면서 인사를 하러 나온 두 아들을 꼬옥 안아주고는 곧바로 잠에 빠져들었다.

술에 취해 들어오는 남편에게 내가 이렇게까지 말한 까닭은 남편이 한 번도 내 생일을 기억해준 적이 없기 때문이다. 해마다 돌아오는 생일이 뭐가 그리 중요하냐고 물을 수도 있지만 내게는 좀 특별한 사연이 있다.

내 생일은 음력으로 11월 26일인데, 양력으로 치면 12월 끝자락쯤이 된다. 그러다보니 어떤 해에는 12월에, 또 어떤 해에는

1월에 생일이 돌아온다. 그리고 간혹 어떤 해에는, 생일이 없다.

그래서 사람들은 이제껏 내 생일을 잘 기어하지 못했다. 한 번은 1월에 생일이 있고 다시 12월에 생일이 돌아오니 일 년에 생일을 두 번 챙긴다는 말을 들은 적도 있었다.

상황이 이렇다보니 은근 생일에 대한 서러움이 있었다. 남편이 나의 생일을 기억해주었으면 하는 바람도 그래서 생긴 것이었다.

술에 취해 들어온 다음 날, 남편은 씩씩하게 회사로 출근했다. 아이들을 어린이집에 보내고 집을 청소하며 설레는 하루를 보냈다. 내 생일을 잊지 않고 챙기겠다고 약속했던 남편의 퇴근이 어느 때보다 기다려졌다.

내 마음과 달리 시계는 거북이처럼 느리게 가고 있었다. 오후에는 같은 아파트에 사는 언니들이 케이크를 준비해서 생일을 축하해 주었다.

저녁이 되자 남편 퇴근시간이 더욱 기다려졌다. 혹시 들어와서 외식을 하자고 할지 모른다는 생각에 아이들도 씻겨놓고 바로 외출을 할 수 있도록 옷도 갈아입혀 두었다.

남편의 퇴근시간이 거의 다 되어 외식을 아예 확신한 나는 아이들 손을 잡고 아파트 입구에서 남편을 기다렸다.

하지만 한참을 기다려도 남편은 오지 않았다. 칭얼거리는 아이들을 데리고 다시 집으로 들어왔다. 이미 저녁때가 지난 터라 아이들에게 먼저 저녁밥을 챙겨 먹였다.

어느새 저녁 8시. 그래도 남편은 올 기미가 없다. 혹시 몰라 회사에 전화를 해보았지만 오늘따라 더 일찍 퇴근을 했다는 말만 들었다. '뭔 일이 있는 건가.' 싶어 걱정이 앞섰다.

불안하게 시계만 들여다보는 사이 9시가 넘었고 기다렸던 현관 벨소리가 울렸다. 방에서 잠잘 준비를 하던 아이들이 현관으로 달려 나오며 "아빠다!"하고 함성을 질렀다.

현관문을 열어보니 아니나 다를까 남편이 서 있었다. 그런데 현관 뒤에 한 사람이 더 있었다. 남편과 같은 회사를 다니는 부하 직원이라고 했다.

'오늘이 내 생일인데, 오늘 같은 날까지 회사 직원을 데리고 와야 하나.'

짜증이 밀려오려는 찰나, 회사 직원이 내 눈치를 알아차렸는지 서둘러 말문을 열었다.

"오늘 과장님께서 볼링대회에서 일등을 하셔서 상을 타셨습니다."

보아하니 남편이 와이프 생일이라고 회사 직원을 내치기 어려워 생일선물을 굳이 상품이라 속인 모양이었다. 나는 신이 나서 술상을 거실에 내주고는 남편이 들고 온 선물을 작은 방으로 가지고 들어왔다. 남편에게 애정 어린 눈빛을 무한 발사해가면서 말이다.

설레는 마음으로 종이가방에서 꺼낸 선물에는 BYC가 선명하게 찍혀 있었다.

'그래. 포장이야 뭐...'

나는 선물포장이야 괜찮다고 스스로를 위로하며 조심스레 포장지를 뜯었다. 어떤 속옷일까, 상상하며 남편에게 연신 고마운 마음을 느끼면서.

그런데 뭔가 좀 이상하다. 상자에서 나온 하얀색 팬티와 런닝은 도저히 여자속옷이라고 할 수가 없었다. 런닝이야 남녀 공용이라고 하더라도 팬티 중간에 난 구멍은 무엇이란 말인가.

'설마'하는 마음으로 팬티를 몸에 대보기까지 했지만 역시 아무리 뜯어봐도 남편이 준 건 남자속옷 세트였다.

이번 생일에는 꼭 사주겠다고 약속한 속옷선물에 대한 기대가 여지없이 무너진 순간이었다. 내가 남자팬티를 넋 놓고 보는 사이 아들이 방문을 열고 말했다.

"엄마! 아빠가 나오래."

큰아들 손에 이끌려 거실로 나오기는 했지만 직원과 술을 마시는 남편이 너무 미웠다. 남편은 나를 보자마자 손님이 왔는데 왜 방에만 있냐고 한소리를 했다.

직원은 "오늘 과장님이 볼링을 얼마나 잘 치시는지 우리 부서가 종합우승하고 과장님이 일등해서 개인상을 탔습니다. 풀어보셨습니까?" 했다.

서러움에 복받친 나는 방에 있는 속옷을 들고 나와 직원에게 보여주면서 생일 이야기부터 속옷선물까지 자초지종을 말하며 눈물을 훔쳤다. 남편은 그제야 "아, 맞다. 기억난다."며 어렵사리 미안하다고 했다.

회사 직원은 다급히 밖으로 나가더니 근처 제과점에서 케이크를 사왔고, 간단하게나마 케이크에 불을 붙여 끄는 모습을 보고는 집으로 돌아갔다.

직원이 가고 난 다음 남편은 계속 내 눈치를 살폈다. 나를 달래기 위해 내일은 평생 입을 속옷을 사오겠다고 큰소리를 쳤지만, 이미 내 마음은 상해버렸고 그 상태로 생일은 지나갔다.

다음 날 일찍 퇴근한 남편은 미안하다며 저녁을 먹으러 나가자고 했다. 한데 남편의 외식 제안도 달갑지 않은 것이 결혼기념일은 돼지국밥, 생일은 소머리국밥이 우리 집 기념일 외식 메뉴였기 때문이다.

난 국밥을 싫어한다. 특히 국과 밥이 함께 범벅이 되어 숟가락이 담겨오는 국밥은 어렸을 때 먹어본 적이 없어서인지 더욱 적응하기 힘들다. 그래도 매번 가족이 함께하는 외식이니 별말 없이 먹고 집으로 돌아왔지만 말이다. 이번에도 분명 기념일 외식 메뉴를 벗어나지 않을 게 뻔했다.

그날 저녁 퇴근한 남편은 "선물이다."하며 무심하게 선물을 내밀었다. 여성용 팬티 열 장, 런닝 열 장이었다. 화장대 속옷서 랍에 남편이 준 몇 년 치 속옷을 가득 재어놓았다. 참, 멋이 없어도 이렇게 멋이 없을 수가 있을까.

한 달 뒤 남편의 급여명세서에는 구내매장에서 지출한 물품 구입비 15만원이 찍혀있었다. 남편에게 뭘 샀는지 궁금해서 물었다.

"여보 회사매장에서 뭘 구입 했어요? 15만원 비용지출이 있던데."

남편은 "그거 지난번 생일 속옷 산 거잖아. 그때 급여에서 공제하라고 했거든."이라고 답하며 웃었다.

회사 매점에서 산 속옷선물이라니. 그것도 급여에서 공제하다니. 기가 찼지만 어찌됐건 사연 많은 속옷선물이라도 받았으니 됐다고 생각하고 나도 헛웃음을 지었다.

거짓말을 결심했다

새벽 두시, 고민 끝에 아주버님에게 전화를 걸었다.

"아주버님! 애들 아빠가 어디서 다쳤는지 머리가 깨졌어요. 응급실에 가야하는데 지금 애들만 두고 갈 수가 없어요."

다짜고짜 남편이 다쳤다는 말에 아주버님은 무슨 일이냐며 곧장 달려와 주셨다. 아주버님은 술에 취한 남편을 일으켜 세우더니 부축을 하고는 응급실로 향했다. 응급실로 들어간 지 몇 시간이 지난 후에 남편은 머리에 거즈를 붙이고 아주버님과 함께 집으로 돌아왔다.

남편은 그제야 술이 조금 깼던지 아주버님께 괜찮다고 하면서 집으로 돌아가시라고 했다. 화가 난 아주버님은 방금 머리를 꿰매고 온 사람의 머리를 툭 치며 남편을 꾸짖었다.

"정신 차려라. 지금 나이가 몇 살이고?"

아주버님은 남편에게 화를 냈지만 내게는 굉장히 미안해

했다.

"제수씨 정말 죄송합니다. 이제 술을 좀 줄일 나이도 됐는데."
하시며 혀를 찼다.

아주버님이 집으로 돌아가시고 난 다음, 남편은 내게 아주버
님에게 전화한 것 대해 몹시 화를 냈다.

"형님한테는 왜 전화 한 거야? 인제 앞으로 내가 형님 얼굴
을 어떻게 보노?"

나는 아무 대답도 하지 않고 바닥에 떨어진 깨진 접시조각을
쓸어 담아놓은 다음, 작은 방에 이불을 깔아주며 "오늘은 이만
주무시고 내일 아침에 이야기해요." 했다. 남편이 작은 방에 들
어가 잠드는 것을 보고서야 나는 아이들 곁으로 갔다. 잠이 오
지 않았다.

사실 나는 아주버님께도 남편에게도 거짓말을 했다.

사고가 있기 전 남편은 밤 12시가 넘어 회사 동료들과 함께
생선회와 술을 사 가지고 집으로 들이닥쳤다. 작은아들이 갑자
기 열이 올라 두 아들을 차에 태워 막 응급실에 다녀온 상황에
서 남편과 동료들이 반가울리 없었다. 남편은 내 마음은 아랑곳
없이 술상을 차려 술을 마시기 시작했고, 안방에서 자고 있던
작은아들은 울음을 터트렸다.

방에 들어가 젖은 수건으로 손과 발을 닦아주고 거실로 나오

니 눈치를 챈 회사동료들이 너무 늦은 시간에 죄송하다는 말을 남기고는 각자 집으로 돌아갔다.

사건은 그때 시작됐다. 혼수로 사온 커다란 접시에 담아낸 생선회, 상추며 깻잎 등이 거의 그대로 남아있어 나는 술상을 치우기 위해 바쁘게 움직였다. 컵을 싱크대에 나르며 빨리 치우고 쉬자는 생각뿐이었다.

남편에게는 그냥 방에 들어가서 쉬라고 말했다. 하지만 남편은 도와주겠다면서 방으로 곧장 들어가지 않고 장난을 쳤다.

당시 우리집은 21평 작은 아파트라 거실과 주방이 연결되어 있었다. 싱크대와 거실은 2미터쯤 되었는데, 싱크대에서 컵을 씻고 있는 나를 보던 남편이 히죽 웃더니 술상에 있던 커다란 접시를 들고 빙글빙글 엉덩이에 웨이브를 주며 말했다.

"부인, 내가 던질 테니 받으시오."

남편은 내가 대답을 하기도 전에 접시를 주방 쪽으로 던졌다. 고무장갑을 끼고 컵을 씻다가 깜짝 놀라 접시를 받았다. 화가 머리끝까지 났지만 술 취한 사람에게 화를 내어본들 무슨 소용이 있겠나 싶어 그냥 제발 들어가 주무시라고만 말했다.

그러자 남편은 전보다 더 신나게 엉덩이를 실룩거리며 춤을 추면서 접시를 던졌다. 고무장갑에 묻은 퐁퐁 때문에 미끌거리는 손으로 접시를 받는 바람에 하마터면 접시가 깨질 뻔 하기도 했다. 남편과 나의 실랑이가 시끄러웠던지 약을 먹고 잠든 작은 아이가 깨서 우는 소리가 들렸다. 나도 눈물이 쏟아지기 직전이었다. 대체 그냥 들어가서 자면 되는 일을 오늘따라 왜 저러는지 알 수 없었다. 그런 내 마음과는 별개로 남편은 혼자서 한껏 흥이 났다.

그대로 두고만 볼 수가 없어서 팬티바람에 접시를 들고 춤추는 남편의 손에서 접시를 뺏은 다음, 들어가 자라며 슬쩍 밀었다. 그래도 남편은 설거지를 하는 내 옆에 다가와 계속 춤을 추면서 접시를 뺏으려고 했다.

참다못한 내가 "제발 좀 들어가 주무시라고!" 빽 소리를 지르며 남편을 또 한 번 밀쳤다. 순간 남편이 중심을 잃고 넘어지면서 베란다 문 쪽에 쿵 부딪치는 소리가 났다. 난 쳐다보지도 않고 어서 들어가서 주무시라는 말만 반복했다.

그런데 남편이 좀 이상했다. 머리가 너무 아프다면서 머리에 피가 난다고 하는 것이 아닌가. 깜짝 놀라 남편에게 쫓아갔다. 그런데 이게 웬걸. 벽에는 피가 분수처럼 튀어있고, 남편의 손에는 피가 흥건했다.

어떻게 이런 일이 다 있나 싶어 당황한 것도 잠시, 지혈부터 해야겠다 싶었던 나는 구급상자를 들고 나와 상처부분을 소독했다. 남편에게는 어지럽지는 않은지, 구역질이 나지는 않는지 머리의 이상 여부를 확인하기 위해 이것저것 질문을 던졌다.

남편은 그냥 조금 아플 뿐 아무 이상도 없다고 했다. 다행이 뇌에는 큰 이상이 없고 피부만 찢어진 것 같아서 머리카락 아래를 찬찬이 살펴보았다.

남편의 상처를 보니 결혼 전 수술실에서 근무한 경험상 다섯 바늘은 꿰매야겠다 싶었다.

그때부터 고민에 빠졌다. 응급실에 남편을 데리고 가야했지만 아이들만 두고 갈 수는 없는 노릇이었다. 거기다 더 뼈아픈 현실은 내가 남편을 밀어서 머리가 찢어지기까지 했다는 걸 말해야 한다는 사실이었다.

나는 모른 척 남편에게 물었다.

"여보, 당신 어떻게 넘어진 거야?"

남편은 "나도 모르겠어." 하며 아파 죽겠다고 자신의 머리를 쓰다듬었다. 나는 한 번 더 남편에게 물었다.

"여보 어떻게 넘어졌는지 기억이 정말 안나?"

남편은 "나도 몰라 내가 어떻게 넘어졌지?"라며 정말 기억을 하지 못했다.

술 마시고 나서 자신이 한 행동을 전혀 기억하지 못하는 남편이 평소에는 미웠지만 그날만큼은 참으로 고마웠다.

'그래, 까짓 거 한 번 하자.'

나는 거짓말을 하기로 마음먹었다.

"여보, 당신이 식탁의자에 앉다가 의자가 뒤로 넘어가면서 다친 거예요. 조심 좀 하시지."

남편은 그 말을 그대로 믿고 "내가 넘어졌어? 그랬구나." 했다.

일단 남편이 상황을 받아들였으니 됐고, 다음은 머리상처를 봉합해야겠기에 아주버님한테 전화를 한 것이었다. 아주버님도 남편이 워낙 술을 즐긴다는 걸 알기에 아무 의심 없이 내 말을 곧이곧대로 믿어주어 그 날의 사건은 묻히는 듯 했다.

다음날은 근로자의 날이라 회사에서 사원 가족들을 초청하는 행사를 했다. 우리 가족도 남편을 따라 회사에 갔다. 머리에 거즈와 반창고를 붙인 남편을 보고 회사동료들은 "어? 술 마시고 늦게 들어왔다고 제수씨가 머리를 부숴놨네."하고 놀렸다. 난 속으로 뜨끔했다.

집으로 돌아와 저녁을 챙겨먹고는 늘 그렇듯 침대 아래 요를 깔고 아이들의 등을 토닥토닥 두드려주며 잠을 청하고 있었다. 침대 위에서 그런 나를 가만히 바라보던 남편이 물었다.

"내가 어떻게 넘어졌지?"

심장이 쿵쾅쿵쾅 요동치며 불안해서 어쩔 줄을 몰랐다. 그래도 침착하게 "기억 안나세요? 당신이 식탁 의자에 앉으려다 의자랑 같이 넘어졌잖아요." 했다.

남편은 "음."하며 심각한 표정으로 뭔가 골똘히 생각하더니 다시 나를 보며 말했다. "근데 왜 나는 네가 밀어서 넘어진 걸로 기억나지?"

나는 자리에서 벌떡 일어나 싹싹 빌었다. 그리고 사실대로 고했다. 다행이 남편은 웃으며 지나간 일이고 자기가 잘못한 일이라며 괜찮다고 했다.

　25년이 지난 지금도 시댁에서는 며느리가 미는 바람에 당신 아들의 머리가 찢어졌다는 사실을 모른다.

보도블록을 베개 삼아 주무시는 분

밤 9시가 지난 시각, 오늘따라 두 아들이 보채기 시작한다.

'남편이 퇴근해야 아이들 목욕을 시켜줄 수 있는데.'

남편의 퇴근을 기다리던 나는 어쩔 수 없이 한명씩 목욕을 시켰다.

아이들은 잠잘 시간이 지났는데도 칭얼거리며 도통 잘 생각이 없었다. 나는 둘째를 업고 첫째는 걸려서 아파트 경비실 앞을 서성였다. 매일 저녁 경비실 앞에서 아빠를 기다리던 아이들은 자주 보는 경비실 아저씨가 편했던지 경비 아저씨와 장난도 치고, 까르르 웃기도 하면서 시간을 보냈다. 작은아이가 등에 업혀 서서히 잠들기 시작하면서 나는 큰아이와 아파트 주변을 돌다가 집으로 돌아왔다.

아이 둘을 겨우 재운 후 자정까지 기다렸지만 남편은 오지 않았다. 나는 아이 둘 다 곤히 잠든 모습을 재차 확인하고 다시 경비실 앞으로 나갔다. 술을 워낙 좋아하는 남편인지라 늦은 시각까지 오지 않으면 불안해서 견딜 수 없었던 까닭이다. 경비실 앞을 서성이고 있는데 아저씨가 물었다.

"아저씨가 많이 늦으시는 모양이네."

나는 약간은 퉁명한 목소리로 "네 오늘은 많이 늦으시네요." 했다.

경비아저씨가 순찰을 돌고 온다고 자전거를 타고 나가시고 난 아이들이 그 사이에 혹 깨지는 않았는지 확인하기 위해 다시 집으로 돌아왔다. 두 아들은 온 방을 운동장 삼아 몸부림을 치며 자고 있었다.

어느덧 새벽 2시가 넘은 시각, 부슬부슬 비가 내리기 시작했고 남편이 걱정되어 다시 1층으로 내려갔다. 우리 집은 아파트 3층이었는데, 1층으로 내려가면 곧바로 놀이터와 경비실이 나왔다.

경비실 아저씨가 나를 물끄러미 보시더니 "혹시 집에 아저씨, 안경을 끼시는가?" 물으셨다.

"네, 안경 쓰는데요. 왜 그러시는지...?"하고 아저씨께 물었다.

"저기 201동 앞에 어떤 남자분이 보도블록을 베개처럼 베고 자고 있는데 안경을 안 썼더라고 그럼 그 집 아저씨는 아니잖아." 하셨다.

그리고는 혹시 모르니 당신이 가서 한 번 더 확인을 해보겠다고 하셨다. 아저씨는 갑자기 비가 억수같이 내리기 시작한 터라 빨리 가서 집을 찾아 줘야겠다면서 후레쉬를 비추며 201동으로 걸어가기 시작했다.

나도 혹시나 하는 마음에 같이 가보자고 따라나섰다. 근처에 다가가니 진짜 어떤 남자 하나가 보드블록을 베개처럼 베고 누워 두 손은 가슴에 가지런히 모으고 자고 있는 게 아닌가. 주머니에 안경을 접어서 넣고 부슬부슬 떨어지는 빗방울을 정면으로 얼굴에 맞으며, 내린 비가 차올라 어깨 밑으로는 물에 잠긴 채 말이다.

마치 죽은 시신을 보는 듯했다. 앞장선 경비아저씨가 혹시 모르니 자세히 보라고 했다. 비에 젖은 몸은 모기인지 하루살인지가 달라붙어 형체도 알아보기 힘들었다.

나도 모르게 눈물이 왈칵 쏟아졌다. 모기들에 둘러싸여 보도블록을 배게 삼아 길거리를 자기 집 안방처럼 여기고 주무시는 아저씨! 내가 그토록 걱정하며 기다리던 남편이었다.

지금이라도 발견해서 다행이다, 하는 생각도 있었지만 사람들 보기 부끄럽고 두 아이가 있는 가장이 이런 무책임한 행동을 하는 것에 잔뜩 화가 났다.

어쨌든 경비아저씨의 도움으로 집으로 겨우 데리고 들어와서는 물기를 닦고 옷을 갈아입혔다. 그리고 깊은 잠에 빠진 남편과 두 아들을 교대로 쳐다보았다.

침대 아래 방바닥에 몸부림치며 자는 평화로운 두 살, 네 살

아들과 침대에 누워있는 남편을 보며 수많은 생각이 들었다.

　계속 이렇게 살아야 하나, 만약 경비아저씨가 남편을 발견 못했으면 두 아들과 나는 어떻게 됐을까 하는 생각으로 뜬 눈으로 밤을 지새웠다.

　다음 날 아침 남편은 월차를 쓰고 출근을 안 했다. 아니 못했다. 그리고 계속 나의 눈치만 살피는 듯했다. 남편이 말했다.

　"내가 어제 어떻게 집에 들어왔지?"

　세상에 술 마시는 사람들에게 묻고 싶다. 정말 기억이 안 나는 건지 아니면 자신의 실수를 인정하기 싫어서 기억을 지우고 연기를 하는 건지.

　하루 종일 아무 말도 하지 않고 냉전 상태로 저녁이 되었다. 나는 긴 한숨을 내쉬며 입을 열었다.

　"어젯밤 두 아들의 아빠는 세상을 떠났다."

　남편은 어리둥절해 하며 나를 쳐다보았다. 나는 경비아저씨가 당신을 발견 못했으면 당신은 이미 저세상 사람이 됐을지 모른다고 소리를 질렀다.

　내 말을 들은 남편은 한참 침묵하다 "어제는 좀 과했다. 두 번 다시 이런 일은 없을 거야. 미안해."라고 했다. 남편은 큰아들의 머리를 쓰다듬으며 "아빠가 미안해." 라고 속삭였다. 길고 길었던 48시간의 시간이 지나갔다.

세상이 잠든 조용한 늦은 시간, 처녀시절 그렇게 아름답던 밤하늘의 별들은 다 어디가고 치량한 소승날만 외로이 나와 함께였다.

두 번째 출산이 취업이 될 줄은 꿈에도 몰랐다

두 번째 제왕절개를 했다. 마지막까지 딸에 대한 희망을 버리지 못하고 기다렸건만 둘째도 '아들'이라고 간호사가 말했다. 수술실에서 나오면서 나는 남편을 보며, "셋째는 딸일까? 또 수술하는 건 너무 힘든데."라고 했다.

그런 내게 남편은 이제 더 이상 아이를 낳을 수 없다고 말했다. 나는 의아했지만 피곤해서 곧바로 잠들어버렸다. 그리고 일주일 후 집으로 돌아왔다.

24개월 차이 나는 큰아들은 옆에서 계속 자기만 봐달라고 울고, 생후 4주가 된 둘째아들은 안아달라고 울고…. 그렇게 육아전쟁이 시작되었다. 남편의 도움이 간절했지만 일절 도움을 받을 수가 없었다. 그저 회사일이 바쁘겠지 생각하며 참았다.

동생이 태어난 후 큰아들을 어린이집에 보내기 시작했다. 큰아들은 매일 밤 악몽을 꾸고 어린이집 봉고차를 보면 몸을 덜덜 떨면서 안 간다고 울고 매달리기 일쑤였다. 그런 3살 큰아들을 억지로 어린이집 봉고차에 태워 보낼 때면 마음이 찢어질 듯 아팠다. 난 항상 봉고차가 보이지 않을 때까지 서서 지켜보았다. 큰아들이 제일 뒷좌석에 앉아 내가 보이지 않으면 울기 때문이었다. 그래서 나는 항상 봉고차가 눈에 보이지 않을 때까지 기다렸다가 집으로 돌아가야 했다.

둘째 출산 후 나의 하루는 첫째 아들을 어린이집에 보내는 것으로 시작됐다. 둘째아들 모유를 미리 짜놓고 빨래며 집안청소를 하고 시계를 보면 어느덧 큰아들이 돌아올 시간이었다. 큰아들이 오면 동화책을 읽어주고 장난감을 가지고 같이 놀아주고 다시 청소하고 정리하면 남편이 퇴근할 시간이었다.

남편이 퇴근한 후 나의 하루일은 다시 시작됐다. 남편은 늘 회사에서 저녁을 먹고 퇴근했지만, 집에 오면 이미 저녁을 먹은지 오래라 뭔가를 먹어야 직성이 풀렸다.

그래서 나는 소주 한 병, 맥주 한 병에 라면, 김치를 거실로 대령했다. 남편은 뉴스를 보면서 "오늘 하루는 별 일 없었나?" 묻는다. 나는 늘 그렇듯 하루가 어떻게 지나가는지 모르겠다고 답한다.

라면 한 그릇 비우고 술을 모두 마신 다음에는 그래도 아들의 목욕을 시켜준다. 아이를 낳기 전, 목욕만큼은 자신이 꼭 시켜주겠다는 약속을 지키는 것이다.

하지만 남편의 퇴근 시간이 일정하지 않아 아이들이 먼저 자 버릴 때가 종종 있었다. 그러다보니 자다가도 아빠가 오면 목욕 을 하는 일이 잦았다. 중간에 깬 아이들이 짜증을 내고 목욕하 면서 울기도 했다.

그렇게 하는 일 없이 바쁜 하루가 지나갔다. 잠이라도 편히 자면 좋았겠지만 잠들기 조차 쉽지 않았다. 잠을 뒤척이는 작은 아들을 안아주면 큰아들이 더듬더듬 엄마를 찾으며 울고, 다시 큰아들을 안으면 작은아들이 울어서 잠자리에서까지 쉴 틈이 없었다.

다시 해가 뜨고 아침이 되면 같은 일상이 반복된다. 둘째 아 들 출산이후 나도 모르게 24시간 근무하는 회사에 취업한 느낌 이 들었다. 나만 하는 생각일까. 그럼에도 딸을 낳고 싶다는 생 각에 남편에게 물었다. "딸이 있으면 좋을 텐데…."

남편은 한참을 생각하더니 전에 했던 말처럼 이제 더 이상 아이를 낳을 수 없다고 했다. 다시 물었다. 나한테 나도 모르는 병이 있나? 아니면 남편이 수술을 했나. 복잡한 생각이 들었다.

남편은 조용히 말했다.

"수술실에 들어가기 전에 사인하라 해서 맹장하고 불임에 다 체크해서 사인했다."

내 의견은 물어보지도 않고 내 장기에 대한 문제를 자기 마음대로 사인하다니 서러움이 복받쳤다. 남편은 둘째를 낳을 때 내가 너무 힘들어하는 모습을 보고는 더는 출산해서는 안 되겠구나 싶었다고 했다. 기왕에 수술할 때 이것저것 정리 해놓으면 좋을 것이라 생각해 내린 결정이었다고 말이다.

하지만 맹장은 초등학교 6학년 때 수술했다고 몇 번을 이야기 했는데 기억도 못하고 불임은 사전에 내 의견을 물어보지도 않고 사인을 해버린 것이다.

난 아직도 그날의 일을 잊지 못한다. 그리고 그때 둘째의 출산이 곧 취업이 될 줄은 꿈에도 몰랐다.

결혼하기 전 병원에서 종사하던 직업인에서 엄마라는 전문 직업인으로 그리고 아내라는 비서로. 나는 둘째의 출산으로 '공안공공회사' 정식직원이 됐다. 공씨 남편, 안씨 아내, 공씨 아들, 공씨 아들이어서 공안공공회사다. 결혼은 아내라는 비서로 엄마라는 전문직업군의 새로운 취업이다. 무보수이며 아무도 노동의 대가를 인정해주지는 않지만 투철한 사명감으로 열심히 일해야 한다.

3장··

나의 성공은
아들의 외로움과
슬픔이었다

8살 아들의 절규

　강원도 원주에 출장을 갔다. 강원도 원주교구 주일학교 선생님들에게 여름 신앙학교 연수 프로그램을 진행하기 위해서였다. 어쩔 수 없이 1박 2일 집을 비우게 됐다.

　출장 며칠 전부터 남편에게 아이들을 잘 챙겨달라고 신신당부를 했다. 아이들이 좋아하는 반찬, 과자, 장난감을 모두 챙겨두고 초등학교 1학년 아들의 받아쓰기 연습까지 선행 학습을 시킨 다음 출장길에 올랐다.

　두 아들의 해맑은 미소와 걱정 말라는 남편의 응원에 힘입어 기운차게 출발했다. 그때까지만 해도 아주 평화로웠다. 강원도 원주에 도착해 짐을 풀고 연수를 시작했다. 5시간이나 걸리는 장시간 운전이 피곤했지만 같이 가신 선생님들과 열심히 준비한 프로그램까지 모두 마치고 밤이 되었다.

숙소로 돌아온 나는 집에 전화부터 걸었다. 그런데 무슨 일인지 아무리 전화를 해도 받지 않았다. 남편의 휴대폰도 연결이 되지 않고 집에도 전화가 연결되지 않아 걱정이 되기는 했지만, 워낙 피곤했던 탓에 '설마 별 일 있겠나.' 싶어 이내 잠에 골아 떨어졌다.

다음날 아침 연수를 끝내고 늦은 오후 집으로 출발했다. 피곤하기 그지없었지만 아이들이 기다리고 있기 때문에 서둘러 집으로 향했다. 전날 전화를 받지 않아 집에는 별일 없는지 아이들은 잘 있는지 걱정되어 가는 길에 다시 전화를 걸어 보았다. 뚜뚜뚜 여러 번 신호가 간 끝에 큰아들이 전화를 받았다.

"엄마!"

"우리아들 잘 있었어? 어제 왜 전화를 안 받았어? 엄마가 보고 싶어 전화했는데."

"엄마 나 어제 경찰서에서 잤어."

경찰서라니, 당황스러웠다. 초등학교 1학년이 사고를 쳤을 리도 없고 남편이 사고 쳤다 해도 아이들이 경찰서에서 잤다는 말이 도대체 무슨 말인지 불안이 엄습해왔다. 나는 애써 차분하게 아들에게 다시 물었다.

"경찰서에서 너 혼자? 동생은? 아빠는?"

마음이 바빴던 나는 아들이 답할 시간도 주지 않고 폭풍 질문을 쏟아 부었다. 그때 아들이 남편에게 전화를 바꿨다. 남편은 아무 일 없고 별일 아니니 운전 조심해서 오라며 집에 와서 이야기하자고 했다.

　회사에 도착해 동료들에게 미안하다는 말과 함께 서둘러 집으로 왔다. 무슨 생각으로 운전을 했는지 미친 듯이 페달을 밟았다. 얼마나 세게 밟고 왔는지 다른 건 기억도 잘 나지 않는다.

　예상외로 집은 너무나 평화로웠다. 남편은 아이들을 목욕 시키고 있었다. 아이들이 목욕하는 모습을 보자 나도 조금 안심이 되었다. 아이들을 재운 다음 남편과 마주했다.

　남편은 계속 별일 아니라는 말만 되풀이했다. 초등학교 1학년이 경찰서에서 하룻밤을 자고 왔다는데 그게 별일 아니면 세상에 뭐가 별일인지 화가 나기 시작했다.

　남편이 자초지종을 설명했다. 전날 자신이 집 바로 앞 테니스장에서 테니스를 치는데 단골 식당 아주머니가 와이프가 출장 갔다는 말을 듣고는 애들 데리고 와서 저녁을 먹으라고 했단다. 아이들을 데리고 식당으로 가서 저녁을 먹었는데, 남편이 친구들을 만나 식당에서 이야기하는 도중 둘째는 옆에서 기다리고, 큰아들은 집으로 돌아갔다고 했다.

　술을 한 잔 하고 느지막이 집으로 돌아왔는데, 큰아들이 현관문에 안전핀까지 잠그고 잠이 들어 도저히 집에 들어올 수 없었다고 한다. 그렇게 집으로 들어가지 못한 남편과 작은아들은 다시 식당으로 가서 잠을 잤단다. 문제는 잠자던 큰아들이 일어나 집에 아무도 없는 걸 알고 깜짝 놀라서는 여기저기 전화를 걸었지만 아빠, 엄마하고 통화가 되지 않았던 거다.

큰아들은 경찰서에 전화를 걸어 엄마 아빠가 연락도 안 되고 집에 혼자 있으니 자기를 보호해달라고 말했단다. 경찰서에서는 조금만 기다리면 엄마, 아빠가 오실 수 있으니 조금만 더 기다려보고 만약에 그때도 엄마, 아빠가 안 오시면 다시 연락하라고 했던 것이다.

얼마나 놀라고 무서웠을지. 큰아들은 다시 경찰서에 전화를 걸어 자기를 보호해 달라고 했고 아들의 말을 듣고 출동한 경찰을 따라 신월파출소에서 남은 밤을 보냈다. 그리고 다음날 새벽에야 남편이랑 연락이 되어 집으로 돌아온 것이었다.

그제야 다시 잠이 든 큰아들을 바라보며 얼마나 무서웠을까 또 얼마나 두려웠을까 싶어 가슴이 아팠다. 도대체 남편은 무엇을 하는 사람인지, 겨우 하루 반나절도 아이들을 돌보지 못하는 남편이 원망스러웠다.

초등학교 1학년 큰아들이 대견스러우면서도 미안했다. 왜 일하는 엄마는 아이들에게 계속 미안해야 하는지 남편이 육아를 조금만 함께 해줘도 훨씬 수월할 텐데 말이다. 그날 밤 큰아들의 일기는 세 장이 넘었다. 경찰차를 타고 경찰아저씨와 순찰을 돈 이야기부터 술 취한 무서운 아저씨를 경찰 아저씨가 무찔렀다는 이야기까지 무용담이 따로 없었다. 다행스럽게도 엄마, 아빠를 다시 만나서 기쁘다는 말을 마지막으로 일기가 끝났다.

내게는 그날 아들의 일기가 8살 아이의 절규로 다가왔다.

아빠랑 낚시 가고 싶어요

7월 무더운 여름, 집에서 키우는 45킬로 자이언트 말라뮤트는 너무 더워 축 늘어져 있거나 화단에 땅을 파서 그 속에 들어가 있는 날이 많았다.

이제 막 초등학교 4학년이 된 아들이 곤하게 낮잠 자는 아빠를 깨우기 시작했다.

"아빠 낚시 가요. 다른 친구들은 아빠랑 낚시도 간다는데 아빠는 맨날 집에 오면 잠 만 자고."

두 아들이 연합해서 아빠를 일으켜 세웠다. 남편은 "좋다. 오늘은 아빠랑 낚시 가는 거야."하며 주섬주섬 낚시 갈 준비를 했다.

나는 오후 1시는 햇볕이 너무 따가운 시간이니 해가 좀 떨어지면 가자고 했다. 남편은 내 말에는 아랑곳없이 당장 가자고 하면서 집에 있는 말라뮤트까지 데려 가자고 했다. 카니발 승합차에 두 아들과 말라뮤트까지 가족이 다함께 삼랑진으로 향했다.

한여름 따가운 햇살 아래 낚시하는 사람이 몇몇 보이기는 했지만, 모두 텐트를 치고 낚싯대만 걸쳐 놓은 상황이었다.

우리 가족은 낚싯대 외에는 물도 한 병 준비하지 않은 채 그냥 무작정 나선 터였다. 낚싯대에 미끼를 걸기도 전에 온몸이 땀으로 흠뻑 젖었다. 그래도 큰아들은 아빠를 따라 낚싯대에 미끼를 걸고, 낚싯대 던지는 법을 배웠다. 작은아들은 얼굴이 빨개져서는 벌써 지쳐버린 눈치였다.

남편은 큰아들에게 낚싯대 끝에 있는 찌가 움직이는지 잘 보라고 했다. 큰아들은 미동도 없이 찌만 바라보고 있었다. 몇 시간이 흘렀을까. 햇볕은 우리를 시험하듯 점점 더 뜨거워졌다.

잠시 후 시베리아에서 썰매를 잘 끌기로 소문난 시커멓고 허연 털의 말라뮤트가 참다못해 물가로 풍덩 뛰어들었다. 순식간에 일어난 일이라 잡을 겨를도 없었다. 낚싯터는 아수라장이 되었다. 낚시를 하던 한 아저씨는 "빨리 강아지를 꺼내세요!"라고 소리치고 또 다른 아저씨는 "낚시 다 망쳤다."고 소리치고 두 아들은 말라뮤트가 죽으면 안 된다고 빨리 구하라고 소리치며 울고불고 엉망진창이 되었다.

20분 정도 흐른 뒤 말라뮤트는 강 밖으로 스스로 헤엄쳐 나왔다. 두 아들은 지쳤는지 집에 가자고 했다.

하지만 남편은 기왕 낚시를 왔으니 물고기 한 마리는 잡고 가야 한다며 고개를 저었다. 오후 4시가 넘어갔지만 뜨거운 햇볕은 그대로였다. 겨우 남편을 설득해 집으로 출발할 수 있었다.

남편은 낚싯대를 걷어서 차에 싣고 두 아들과 말라뮤트 모두 차에 탔는지 확인한 다음 운전대를 잡았다. 큰아들은 이미 얼굴이 새까맣게 탔고 작은아들은 목이 마르다며 차에 드러누웠다.

집에 오는 길, 남편이 아들에게 물었다.

"아들, 오늘 낚시 어땠어?"

큰아들은 "낚시 너무 힘들어요." 했다. 남편은 입가에 미소를 띠며 "낚시는 원래 힘든 거야. 그래도 다음에 또 낚시 갈까?" 물었다. 큰아들은 아무 대꾸도 없이 창밖을 멍하니 응시했다.

집에 도착해 씻기고 이른 저녁을 먹이자 아이들은 초저녁부터 곯아떨어졌다. 큰아들 일기장에는 아빠와 처음 낚시를 갔는데 너무 덥고 힘들었다는 내용과 말라뮤트가 물에 빠져 무서웠는데 수영을 잘해 강 밖으로 탈출했다는 내용이 적혀 있었다. 두 아들이 잠든 후 나는 남편에게 짜증스러운 목소리로 말했다.

"모처럼 아들하고 낚시 가는데 이왕이면 좋은 추억을 만들어 줄 수 있었잖아요. 그 땡볕에 애들이 얼마나 힘들었겠어요?"

남편은 "뭔가 하고 싶다고 할 때는 하기 싫다고 할 때까지 해줘야 된다."고 했다. 남편의 교육철학이다. 그럼 그다음부터 질려서 안 한다고 한다. 게임을 좋아하는 작은 아들에게 밤새도록 게임을 하도록 시켜서 작은아들이 게임하기 싫다고 운적이 있었다. 부부가 자녀에 대한 교육관이 일치해야 한다는데 남편과 나는 각자의 생각이 확연하게 달랐다.

두 아들은 말한다. 엄마는 "뭐든 해 봐라 할 수 있다. 하고 싶은 걸 즐겁게 하라."고 하고 아빠는 "규칙을 꼭 따라야 하고 뭐든 시작하면 끝을 봐야 한다."고 하니 자신들은 참 많이 혼란스러웠다고 말이다.

큰아들은 그날 이후 낚시를 하지 않는다. 작은아들은 가끔 낚시는 하지만 밤낚시만 한다.

엄마의 출장

출장을 간 사이 아들을 잃을 뻔했다.

그해 가을, 출장을 다녀온 내 앞에 아빠와 두 아들은 아무 일 없다는 듯 너무나 평화로운 얼굴을 하고 있었다. 다만 큰머리에 붕대가 감겨있고, 팔에는 거즈와 반창고를 붙인 큰아들과 온통 피비린내가 풍기는 집안 분위기만이 무언가 큰일이 지나갔다는 걸 알려주고 있었다.

큰아들은 아프고 두려우면서도 애써 괜찮은 척했다. 둘째는 엄마, 아빠 눈치만 살피며 이리저리 분주하게 눈동자를 굴리고 있었다.

"어떻게 된 거예요?"

따지듯 묻자 남편이 말했다.

"집에서 애들하고 총싸움하다가 2층에서 떨어졌어."

나는 도저히 참을 수가 없었다. 분명 출장을 나서면서 몇 번이고 집을 비우지 말고 가능한 아이들과 함께 있어 달라고 간곡하게 부탁했거늘 이번에도 또 이런 일이 벌어지고 만 것이다.

매번 출장 때마다 사건사고가 있었다. 그래서 언제나 불안한 마음으로 이번에는 아무 일 없기를 기도하며 올랐던 출장길, 하지만 또 다시 일이 터지고 말았다. 눈물이 왈칵 쏟아져 나왔다.

엄마가 걱정할까봐 계속 괜찮다고 말하는 큰아들, 떨어진 유리 아래 부엌 바닥에 고여 있는 피를 엄마가 놀랄까봐 걸레로 수십 번씩 닦았다는 작은아들. 나는 내가 무슨 일을 하러 다니는 사람인지, 엄마가 맞는지 스스로에게 물으며 계속 서럽게 펑펑 울었다. 두 아들과 남편은 한마디도 하지 않고 그 모습을 지켜보기만 했다. 그러다 남편이 조용하게 말했다.

"그래도 떨어지고 난 다음에 곧바로 119에 연락하고 이웃에 알리고 응급처치를 잘했어. 우리 아들이 이제 다 컸어. 아주 의젓하게 대처했어."

지금 그걸 말이라고 하는 건지 따지고 싶었지만 참았다. 엄마가 걱정할까봐 평소보다 더 괜찮다는 표정으로 해맑게 웃는 두 아들을 보며 정말 너무 미안했다.

다시 마음을 가라앉히고 아들에게 물었다.

"많이 아팠지?"

"아니, 나 괜찮아. 엄마."

큰아들은 2층에서 부엌 유리 천정 위로 떨어지면서 몸통이 유리 사이를 통과하며 머리와 다리에 상처를 심하게 입은 듯했다. 큰아들 5살, 작은아들 3살 무슨 성공을 하겠다고 다시 일을 시작한 건지. 개구쟁이 아들 둘, 회사와 집안일을 엄격하게 업무 분장하는 남편을 두고 엄마와 아내로서 살아가기도 벅찬 내가 무모하게 일을 시작한건 아닌지. 내 자신이 한없이 부끄럽고 두 아들 그리고 남편한테도 미안했다.

나는 다시 마음을 가다듬고 부엌으로 향했다. 미안한 마음에 냉장고에 있는 계란을 꺼내 아들이 좋아하는 계란말이를 만들었다. 야채가 싫다는 아들에게 건강에 좋다며 야채를 꼭 넣고 만들던 계란말이가 아니라 야채를 넣지 않은 오로지 계란만 5개를 풀어 만든 커다란 계란말이에 케첩을 뿌려 아들에게 가지고 갔다.

"아들, 먹어봐. 오늘은 야채를 뺐어."

"와~ 엄마, 감사합니다."

두 아들은 신나게 계란말이를 먹었다. 그렇게 또 하루가 지나갔다. 출장을 어떻게 갔다 왔는지 동료들에게 전화도 하지 못한 채 멍하게 저녁을 보냈다.

다음날 아침 서둘러 평소처럼 남편, 두 아들 모두 출근, 등교를 시키고 나도 출근길에 나섰다.

옆집 공터에 새로 집을 짓고 있는 공사장 아저씨가 나를 불렀다.

"이 집에 사시는교?"

"네. 왜 그러시는데요?"

출근길이 바빴던 나는 건성으로 대답하며 빨리 지나치려고 했다. 그런데 아저씨가 "아들은 괜찮은가요?" 물어서 깜짝 놀랐다. 공사장 아저씨가 어떻게 알고 질문을 하는지 의아해하며 대답했다.

"네. 괜찮습니다."

공사장 아저씨는 내 말을 듣고는 안심이 됐는지 말을 이어갔다.

"참 다행입니다. 나는 어제 큰일 치르는 줄 알고 얼마나 놀랐던지."

그러면서 그날 있었던 상황을 자세하게 설명해주셨다.

"집에 아들 참 대단하요. 온몸이 피투성이가 되서 동생이 수건을 들고 형을 따라 걸어 나오는데 내가 빨리 119에 신고하고 부모님한테 연락하라고 했더니 엄마는 출장 가서 연락하면 놀라실 거라고 안 된다고 하데요. 아빠는 운동 가셨는데 곧 오신다고는 하는데 이놈이 피가 펑펑 쏟아지는 머리를 나한테 쓱 내밀더니 머리를 꿰매야 하는지 물어보더라고요. 만약에 수술을 하게 되면 엄마가 많이 슬퍼하고 힘들어 할 것 같다고 엄마 눈에 눈물 나게 하는 일은 없어야 한다고 해서 얼마나 대견하든지."

나는 말문이 막혔다. 피를 흘리면서도 일하는 엄마를 걱정했다는 아들이 대견하면서도 아들보다 못한 나 자신이 너무나 미웠다. 이런 상황에도 일을 계속해야 하는지 아니면 지금이라도 그만두고 육아에 집중해야 하는지 마음 깊은 곳을 돌덩이가 누르는 것처럼 답답함이 몰려왔다.

점심시간이 되어 아들을 학교에서 데리고 나와 병원으로 갔다. 아들은 걱정스런 엄마의 마음을 아는지 모르는지 점심시간에 빠져나와 햄버거를 먹는 즐거움에 마냥 기뻐했다.
난 아들의 미소를 보며 그 순간만큼은 일하는 엄마가 아닌 아들바라기 엄마가 되었다.

첫 번째 가출

　작은아들이 편지 한 장 남겨두고 가출을 했다. 이리저리 친구들한테 수소문해본 결과, 종이 쇼핑백에 책 한 권 가지고 나갔다는 말을 전해 들었다. 청소년상담을 시작해서 매번 가출 청소년상담을 많이도 했지만 우리 아들이 가출이라니 상상도 못했다. 가출 청소년의 부모를 상담 할 때마다 아들을 믿고 기다리시면 된다고 위로했던 그 말이 부메랑처럼 나를 향해 돌아왔다. 아들의 편지는 간략했다.

　　"엄마, 아빠 보세요.
　　저는 아직 사춘기 청소년입니다.
　　뭔가 하고 싶은 것도 많고 꿈을 찾아 도전해야 하는데
　　전 세상에 대해 아무것도 몰라요.
　　그래서 세상 구경을 하려고 합니다.

오랜 시간이 걸리지는 않을 거예요.

너무 걱정 하지 마시고 기다려주시면 무사히 십으로 올게요.

특히 엄마 밥 잘 챙겨먹고 일 열심히 하고 걱정 마세요.

그리고 울지도 마세요. 아시잖아요. 전 세상 경험을 위해 잠깐 나가는 거예요."

- 귀염둥이 아들 현

얼마 전부터인가 아들이 책을 읽고 싶다고 서점에 가자고 했다. 웬일인가 싶어 데리고 간 서점에서 아들이 고른 책을 한 권 사준 일이 있다. 작은아들이 뭔가에 집중하면 꼭 행동으로 옮기는 통에 여러 가지 사건사고를 경험했던 터라, 진작 눈치를 챘어야 하는데 그러지 못했다는 후회가 스쳐 지나갔다.

아침에 학교 가기 직전까지 심지어 학교에 가는 등굣길에도 아들은 그 책을 집중해서 읽었다. 전교 부회장 선거에 나갔다가 떨어지고, 한동안 침묵하던 아들이 독서를 하니 내심 이제는 괜찮은가보다 했다.

책의 제목은 《파랑 치타가 달려간다》(박선희, 비룡소)였다. 책 표지에는 청소년의 입장에서 청소년들의 이야기를 생생하게 풀어내 작품상까지 수상했다는 문구가 적혀 있었다. 주인공이 가출해 주유소에 취직하면서 만나게 된 다양한 십대들의 이야기를 담은 청소년소설이었다.

나는 아들에게 그 책이 뭐가 그리 재밌는지 물었다. 아들은 그냥 재밌고 뭔가 모르게 주인공이 멋있다고 했다.

"엄마 난 15살인데 아르바이트가 가능해?"

아들의 질문에 나는 대수롭지 않게 답했다.

"우리 아드님이 용돈이 필요한가 뜬금없이 알바는 왜?"

"아니 그냥 궁금해서"

대화는 그렇게 정리되었다. 아들은 그때부터 이미 가출에 대한 계획을 세우고 있었던 것 같다.

아들의 가출을 경찰에 신고하고 친구들에게 아들의 거취를 수소문했다. 큰아들도 친구들에게 동생을 본 일이 있는지 물으러 다녔다. 남편 역시 회사에 가도 일이 안 된다며 모두가 경찰서 연락만 기다리고 있었다.

하루가 지나고 이틀이 지났다. 더운 여름 강한 태풍으로 천둥 번개가 치던 밤, 또래보다 작은 키에 마른 체격인 아들이 정처 없이 떠돌고 있을 거라 생각하니 1분 1초가 십년보다 길게 느껴졌다.

빗줄기는 점점 굵어지고 남은 가족은 작은아들 걱정에 서로 아무 말도 하지 않은 채 시간만 보내고 있었다. 자정이 다 되어 가는 시간, 오늘 하루도 이렇게 지나간다 생각하니 피가 거꾸로 솟는 것만 같았다.

그때, 현관 비밀번호 누르는 소리가 났다.

작은아들이었다. 비에 흠뻑 젖어 떨면서 현관에 들어서는 아들. 나는 아이의 이름을 부르며 현관으로 달려가 품속 깊이 아이를 껴안았다. 남편과 큰아들도 다 같이 포옹하며 울었다. 정말 다행이라고 이렇게 무사히 돌아와 줘서 고맙다고 다시는 이런 일이 없기를 바랐다.

아들은 따뜻한 물에 샤워하고는 배가 고프다며 밥을 평상시보다 두 배로 먹고 이내 잠에 빠져들었다. 나중에 들은 바로는 책 속 주인공 형처럼 해보고 싶어 주유소에 갔는데 취직이 안 된다는 말을 들었다고 했다. 밤이 되어 잠을 자려고 찜질방에 갔다가 청소년은 밤 9시 이후로는 나가야 한다는 말에 쫓겨 나와 놀이터 미끄럼틀 바닥에서 잤단다.

그리고 아들은 깨달았다. 어떤 일이 있어도 다시는 집은 안 나가겠다고. 그렇게 아들의 첫 번째 가출은 끝이 났다.

두 번째 가출

둘째 아들의 아이덴티티는 언제쯤 찾을 것인지 기다림에 지친다. 아들은 세상을 향해 소리치고 또 소리치며 치열하고도 뜨거운 사춘기를 보냈다.

나는 한동안 여름이 두려웠다. 제발 이번 여름은 아무 일 없기를 바라고 또 바랐다. 여름 동안 있었던 작은아들의 가출로 나는 10년은 더 폭삭 늙어 버린 것 같았다. 우리 가족에게 그해 여름은 너무 뜨겁고 혹독했다. 하지만 그보다 더 혹독한 여름이 기다리고 있을 줄은 아무도 상상하지 못했다.

회사에서는 여름 휴가철 손님을 맞기 위한 마케팅 기획이 한창이었다. 한 달 동안 현장에서 우리 팀이 상주하며 매일 체험 프로그램이며, 저녁마다 열리는 음악회를 진행해야 했다. 다행히 집에서 한 시간이면 충분히 갈 수 있는 거리여서 나는 아이들을 생각해 집에서 출퇴근을 하기로 했다.

혹독한 사춘기에 접어든 중3, 이제는 사춘기를 뒤로 하고 자신의 꿈을 향해 학업에 열중하는 고2, 두 아이 모두 엄마의 손이 많이 필요한 시기였다.

매미 소리 우렁차게 울리는 찌는 듯한 더운 여름날이었다. 현장에서 음향, 조명, 무대 연출을 지시하고 있는데, 핸드폰이 울렸다. 작은아들 담임선생님께 걸려온 전화였다. 방학 중이었고 작은아들은 학교에서 하는 해병대 캠프에 신청해서 가고 없었는데 담임선생님의 전화라니, 무슨 일일까.

"어머니, 현이가 캠프에서 없어졌다고 합니다. 친구 한 명하고 같이 없어진걸 보니 아마도 도망을 간 것 같습니다."

아들이 캠프가 운영되고 있는 포항에서 캠프 중 이탈을 했다는 것이다. 전날 밤 가방을 같이 싸면서 여드름이 심한 아들을 위해 여드름 약이며 선크림, 팩 등 준비물도 잘 챙겨 보냈는데 무슨 문제가 있었던 건지 머릿속이 복잡해졌다.

남편에게 먼저 연락을 하고 여기저기 아들을 수소문 한 끝에 친구 집에 있다는 사실을 알아냈다. 그 즉시 아들의 친구 집으로 가서 아들을 데리고 돌아왔다. 아들을 찾았다는 말에 남편은 퇴근 후에 보자고 했다.

늦은 저녁 남편이 퇴근하고 작은아들과 얼굴을 마주했다. 나와 아들 모두 남편을 마주하는 그 시간이 무척 두려웠다. 이전부터 남편의 강직한 성격과 작은아들의 자유로운 성향이 자주 부딪혔기 때문이다.

남편은 아들에게 해병대 캠프를 스스로 신청해놓고도 3박 4일 일정을 채우지 못해 이탈한 이유에 대해 물었다. 아들은 여드름이 너무 심해 고름이 터지는데 계속 철모를 쓰라고 해서 이탈했다고 답했다.

아들의 말을 이해할 리 없는 남편은 아들에게 매를 들었다. 아들은 몇 대를 맞고서 잘못했다고 말했고, 그날의 일은 그렇게 정리가 되는 듯했다.

하지만 다음날 아침, 아들이 없어졌다. 이번에는 편지도 한 장 없이 집을 나가버렸다. 이틀이 지나고 삼일이 지났다. 매일 밤 대문을 활짝 열어놓고 아들을 기다렸지만 아들이 돌아올 낌새는 없었다. 이번에는 친구들도 다 모른다고 했다.

남편은 자신이 매를 들어 아들이 집을 나갔다고 자책했다. 나는 바쁘다고 아들의 마음을 헤아려주지 못한 것에 자책했다. 후회의 날들이었다.

어느덧 사흘이 지나고 나흘째 되는 날 새벽 경찰서에서 연락이 왔다. 아들의 이름을 대며 지금 바로 경찰서로 와서 데리고 가라고 했다. 그리고 아들이 성적이 떨어져 여러 가지 고민이 많은 것 같으니 잘 살펴보라면서 말이다.

경찰서에 도착해 나는 아들을 안고 펑펑 울었고 남편은 그저 아들의 등을 토닥여 주었다. 그리고 서로 아무 말도 하지 않았다. 집을 나간 이유도 그동안 어떻게 생활히고 이디에 있었는지 궁금한 것 투성이었지만 그날 밤만큼은 아들이 다시 집으로 돌아와 기쁠 뿐이었다.

집으로 돌아와 아들의 잠자는 모습을 한참동안 지켜보았다. 잠시 후 남편이 조용히 말했다.

"나 때문인 것 같다."

열심히 회사생활하고 반듯하고 강직하기로 소문난 남편으로서는 아들의 가출이 한 번도 아니고 두 번이나 이어진데 대해서 이해하기란 쉬운 일이 아니었을 것이다.

나는 아무 대꾸도 하지 않았다. 한 마디 위로조차 하기 힘들만큼 기진맥진해 있었기 때문이다.

이른 새벽, 아들의 잠자는 모습을 보면서 나는 사랑한다는 메모와 식탁에 밥을 차려 두고서 현장으로 향했다.

일을 하며 헤쳐 나가야 하는 사회생활이라는 '전투'보다 아이들과 집에서 하는 생활 속 '전투'가 더 힘들게 느껴지는 건 나만의 일이었을까.

미니오토바이

여름방학이 시작되는 7월이면 대학도 방학을 하고 보육교사 승급 교육이 시작된다. 내가 맡은 과목은 리더십과 부모상담 두 과목이다. 경남 창원에서 있으면서도 어떻게 인연이 되어 경북 포항까지 강의를 간다.

새벽부터 준비해서 열심히 달려가야 9시에 시작하는 강의 시간을 맞출 수 있다. 그날도 강의를 시작하고 출석을 체크하는데, 원장님 한분이 조금 늦게 오셨다. 숨을 헐떡이며 연신 죄송하다고 말하며 자리에 앉더니 한마디 하셨다.

"운동장에 조그마한 남자아이가 미니오토바이를 타고 운동장을 질주하는데 아이 엄마는 없고 저러다 다치기라도 하면 어쩌려고 그러는지 요즘 부모들 정말 문제예요."

그 말을 들은 다른 분들도 입을 모아 아이를 걱정했다. 그중한 분이 경비실에 알려서 부모를 찾아 주겠다고도 했다.

나는 잠시 침묵하다가 강의를 시작했다.

"여기 계시는 원장님이 운영한 그곳의 아이는 누군가의 소중한 아이"라고 강의를 이어갔다.

오전 강의를 마치고 강의실을 빠져나왔다. 뒤돌아 나오던 강의실에서 운동장에 있는 아이를 걱정하는 소리가 들렸다. 나는 아무 말도 하지 않고 운동장으로 갔다.

"아들!"

"엄마 나 여기."

아들은 씩씩하게 미니오토바이를 타며 묘기를 보여주었다. 중학교 1학년이 된 작은아들이었다. 잠도 못자고 밥도 안 먹고 가슴이 답답하다고 해서 정신과 진료도 하고 여러 가지 방법을 동원했지만 좀처럼 마음을 잡지 못한 아들이었다. 그랬던 작은 아들이 오토바이를 꼭 타고 싶다고 해서 미니오토바이를 사주었던 것이다.

멀리 강의를 가면서 미니오토바이를 차에 싣고 아들을 데리고 나온 터였다. 하루 종일 운동장에서 신나게 타라고 해놓고는 내가 강의하는 강의실 호수를 알려주고 무슨 일이 있으면 바로 연락하라고 했다.

아들과 함께 학교 식당에 들어섰다. 나는 음식을 주문하기 위해 카운터로 향했다. 멀리서 바라보고 있으니 강의를 들었던 원장님께서 아들에게 다가가 "아가, 너 몇 살이고? 엄마는 어디

계시노?" 물었다. 아들은 잠시 머뭇거리다 나를 손가락으로 가리켰다.

"우리 엄마 저기 주문하고 있어요."

원장님은 "저분은 여기 강의하러 오신 교수님이 신데?" 하시며 나를 바라보고 아들은 의자에서 일어나 "엄마!"하며 나를 향해 달려왔다. 식당 안의 모든 시선이 나를 향했다. 여름방학 중 토요일이라 대학생들은 없고 교육을 받던 원장님과 승급교육을 받기 위해 오신 보육교사 선생님들뿐이었으니 당연했다.

잠깐 어리둥절한 표정을 짓던 선생님들은 이제야 알겠다는 듯 저마다 먹을 것을 가져다 아들에게 주셨다.

"아들아 아까 오토바이 잘 타데. 멋지더라."

아들은 코를 벌렁거리며 우쭐해 했다.

여러 선생님께서 용돈도 주시고 아이스크림도 사주셨다. 아들은 오전 내 타던 오토바이가 힘들었는지 차문을 열고 차에서 자겠다고 했다. 준비해간 작은 텐트를 치고 아들을 텐트에서 쉬게 한 다음 나는 오후 강의를 위해 다시 강의실로 향했다.

오후 시간, 나는 아들의 이야기로 강의를 시작했다. 전국으로 강의를 다니고 기획사를 운영하는 내가 정작 아이들과는 주말도 같이 보내지 못한다는 얘기, 큰아들의 소원은 엄마가 다른 친구 엄마들처럼 시간 맞춰 어린이집에 데리러 오는 거였다는 얘기….

"아이들이 바라는 게 그렇게 힘든 일일까요?" 나는 질문했다. 그리고 그런 아이들의 따뜻한 엄마가 되어달라고 부탁했다.

순간 눈물을 주체할 수 없었다. 왜 육아는 엄마 혼자만 짊어져야 하는가. 일하는 엄마는 왜 늘 가족에게 죄인이 될 수밖에 없는가. 그렇다. 나는 죄인이었다.

듣고 있던 선생님들이 함께 울기 시작했다. 자신들도 어린이집 원장이지만 일하는 엄마라며 같이 공감하며 울었다.

그렇게 눈물의 강의를 마치고 집으로 향했다. 아들은 뭐가 그리 즐거운지 콧노래를 불렀다.

"엄마! 아까 그 선생님들 참 좋으신 분들 같아. 칭찬을 많이 해주셔서 참 기분이 좋아."

칭찬은 고래도 춤추게 한다는데 아들에게 칭찬이 너무 인색했나보다. 그날따라 트렁크에 실어둔 아들의 미니오토바이가 유난히 덜컹거렸다.

일신우일신 대기만성(日新又日新 大器晚成)

주말 행사 준비로 사무실이 분주한 가운데, 휴대폰이 울렸다. 낯선 번호였다. 일에 온전히 집중할 때는 전화를 가려 받기에 잠시 망설였다. 바쁠 때 모르는 번호는 받지 않고 여유가 생기면 전화하는 버릇이 있어서였다. 그래도 혹시 모른다싶어 전화를 받았다.

"여보세요."

중년 남자의 목소리가 들려왔다.

"○○○어머니 맞으시죠? 전 담임을 맡고 있는 ○○○입니다."

웬일인가. 큰아들 담임선생님의 전화였다. 아침에 아무 일 없이 학교에 잘 간 큰아들에게 무슨 사고라고 있었나. 아니면 아들이 사고를 쳐서 연락을 하셨나. 오만 가지 생각이 머릿속을 맴돌았다.

담임선생님은 말을 이어갔다.

"다름이 아니고 자녀분 일로 학교에 좀 오셔서 이야기를 나누었으면 합니다. 부모님도 자녀가 어떻게 학교생활을 하는지 알고 이야기를 나누면 더 바르게 성장 할 수 있도록 지도하시는데 도움이 되겠죠. 언제쯤 오시겠습니까?"

담임선생님의 목소리에서 가능한 빨리 와 달라고 재촉하는 듯한 다급함이 느껴졌다.

"네. 오늘이라도 가겠습니다. 몇 시쯤이면 될까요?"

다급한 마음에 당장이라도 가서 만나겠다고 했다. 담임선생님은 수업을 마치고 아이들이 하교하는 4시 30분쯤 학교로 오라고 했다.

처리할 일이 산더미처럼 쌓여 있었지만 가장 시급한 일은 아들 담임선생님과의 면담이었다. 사무실 직원들에게 하던 일을 맡기고 밖으로 나와 남편에게 전화를 걸었다.

"여보, 큰아들 담임선생님이 전화하셨어요. 학교로 좀 오라고 하는데 당신 시간 어때요?" 남편은 조금은 퉁명한 목소리로 "무슨 일인데?" 했다.

"저도 잘 몰라요. 그런데 좋은 일은 아닌 것 같아요."

남편은 일단 혼자 무슨 일인지 선생님을 만나서 자세한 상황을 듣고 집에서 이야기 하자며 전화를 끊었다.

누구랑 상담을 해야 하지, 학교에서 아들이 친구를 때렸나 별별 생각이 다 들었다. 시계만 쳐다보다 오후가 되어 학교로 향했다. 아들이 있는 반으로 찾아가니 담임선생님이 기다리고 계셨다.

선생님은 전화 통화를 하며 느꼈던 다급함과는 달리 차분하고 반갑게 맞아주셨다.

"아이구. 어머니 이렇게 학교로 오시라고 해서 죄송합니다."

말문을 뗀 선생님은 학교에 상담을 오라고 한 이유에 대해 설명하기 시작했다. 아들이 다른 친구의 캐비닛을 발로 차서 부수고 머리카락도 학교규정에 위반될 정도로 길게 기른 상태라 했다.

두발에 관한 이야기는 아들과 집에서도 많이 다툰 상황이라 담임선생님께 아이의 생각을 설명해드렸다. 아이가 몸무게도 90킬로그램이 넘고 또래보다 키가 크다보니 머리까지 짧게 자르면 모르는 사람들은 자기를 무서워하고 친구들은 조폭 같다며 놀린다는 얘기를 했다고 말씀드렸다.

담임선생님은 마음은 이해하지만 학교 규정이라서 지켜야 한다고 하셨다. 그리고 화가 난다고 친구의 캐비닛을 부수는 일은 학교 기물을 파손한 일인 만큼 주의가 필요하다고 했다.

어떤 말을 해야 할지 몰라 선생님이 하시는 말만 듣고 있었다. 아이가 사춘기라 공격성이 강하고 분노조절이 잘 되지 않으니, 집에서 교육에 좀 더 관심을 기울여 달라는 말을 마지막으로 면담은 끝이 났다.

퇴근 시간보다 이른 시각이었지만 사무실에 들어가지 않고 곧장 집으로 왔다. 큰아들은 이미 야단맞을 각오를 하고 있었던지 거실에 무릎을 꿇고 앉아 있었다 곧 이어 일찍 퇴근한 남편도 거실로 들어섰다.

또 한 번 태풍이 불겠구나 싶었던 큰아들은 머리를 푹 숙이고 있었고, 작은아들 역시 영문을 모른 채 형 옆에 나란히 꿇어 앉았다.

남편은 학교에서 담임선생님과 내가 상담한 내용을 전화통화로 이미 알고 있었다. 남편이 큰아들에게 물었다.

"아들, 우리 큰아들이 무슨 잘못을 했을까?"

큰아들은 애써 눈물을 참는 듯 주먹을 불끈 쥐면서 말했다.

"살이 쪄서 다리가 책상에 안 들어가는데 자꾸 다리를 집어넣으라하고 눈이 작은데 그냥 쳐다봐도 노려본다하고 너무 화가 나서 캐비닛을 발로 걷어찼어요."

몸집이 컸던 큰아들은 얼굴에도 제법 살이 많아 눈이 작아 보였다. 피부까지 까무잡잡하니 제 딴에는 쳐다만 봐도 노려본다는 오해를 많이 받았다. 아들은 그렇다하더라도 자기가 참았어야 하는데 참지 못하고 나쁜 행동을 한 걸 후회한다고 했다. 부모님을 학교에 오시게 해서 죄송하다면서 말이다.

한참 생각하던 남편이 종이와 펜을 가지고 오라고 했다. 아들에게 호되게 야단을 칠 줄 알았던 남편의 태도가 의아했지만 나는 일단 거실 탁자 위로 종이와 펜을 가져다주었다.

남편은 16절 스프링 노트에 검정색 사인펜으로 '일신우일신 대기만성(日新又日新 大器晩成)'이라는 글을 쓰고 아들에게 말했다.

"아빠는 우리 아들을 믿는다. 앞으로 또 이런 일은 없을 거고 하루하루 새롭게 또 날이 갈수록 새롭게 세월이 흘러 큰 사람이 된다고 생각한다."

자신이 쓴 글은 그런 뜻이라고 설명했다. 그리고 사나이 대장부가 화가 나도 참을 수 있어야지 하며 아들을 위로했다.

"아빠, 잘못했어요."

큰아들이 서럽게 울었다. 작은아들도 덩달아 "형아 울지 마." 하며 눈물을 쏟았다.

늦은 밤이 되어 큰아들이 어떻게 하고 있는지 방으로 가보았다. 큰아들은 침대 위에서 천정을 바라보고 가만히 누워 있었다.

"아들, 불꺼줄까? 이제 자야지."

큰 아들은 내 말에 "아니, 엄마. 내가 끄고 잘게. 아빠는 주무셔?"하고 물었다.

아빠와 동생 모두 자고 있다고 하니, 큰아들이 잠깐 들어와 보라고 하며 말을 이었다.

"엄마, 나 오늘 아빠한테 감동받았어. 분명 아빠 성격에 내가 그런 일을 했으면 부끄러워하고 야단치고 매 맞을 줄 알았는데 너무 의외였어."

아들은 아빠가 오기 전 바짝 긴장하고 있었다. 그리고 만약 아빠가 매를 들면 집을 나갈 거라고 나에게 엄포를 놓은 상황이었다. 그래서 나와 작은아들은 더욱 더 긴장하고 있었던 것이다.

큰아들에게 머리를 쓰다듬으며 일러주었다. "아빠가 얼마나 너를 사랑하시는지 몰라 아빠가 표현을 잘 할 줄 모르고 너희들에게 세게 말하시지만 엄마보다 더 아들을 사랑해."라고 말이다.

아들의 얼굴에 미소가 번졌다.

어느덧 29살 된 아들은 아직도 그날의 일을 기억한다. 아마 평생 잊지 못할 것이다.

일신우일신 대기만성(日新又日新 大器晩成).

아들의 교복

토요일 이른 아침부터 작은아들이 분주하다. 오늘은 무슨 약속이라도 있나. 아들 방문을 살짝 열어보니 열심히 교복을 다림질 하고 있다. 토요일 아침, 무슨 일로 교복을 다리고 있나 싶어 아들에게 물었다.

"교복은 왜?"

"친구 만나러 갈 때 입고 가려고."

남들에게는 그게 뭐가 이상하지 하겠지만 우리 집에서는 이런 아들의 행동이 특별하다.

이야기의 시작은 2012년 3월로 거슬러 간다. 작은아들은 두 번의 가출을 감행하고 큰아들과 같은 고등학교에 입학했다. 이른 아침, 학교 교복을 입고 둘이서 나란히 등교하는 모습이 그렇게 좋아 보일 수가 없었다. 실로 오랜만에 찾아온 평화였다.

하지만 평화는 오래가지 않았다. 입학 이후 얼마 지나지 않아서부터 작은아들은 야간자율학습을 지키지 않고 도망가기 일쑤였다.

그런 동생을 옆에서 지켜보는 큰아들에게는 실로 고통의 시간이었다. 나름 학교에서 모범생으로 통하던 큰아들은 동생이 교무실에 벌을 서고 있는 통에 선생님들께 좋지 못한 소리를 들어야 했다.

"넌 잘하는데 동생은 왜 그 모양이냐?"

큰아들이 가장 듣기 싫은 소리라고 했다. 그때부터 집은 하루도 조용한 날이 없었다. 매일 큰아들은 동생을 야단치기 바빴다. 자신은 고3인데 이런 것까지 신경 써야 하느냐고 소리를 질렀다.

작은아들도 할 말이 없지는 않았다. 자기는 야간자율학습이 필요 없어서 안 하겠다고 했는데 선생님이 허락을 안 해주셨다, 도망간 게 아니라 야자를 빼지고 축구를 했을 뿐이다… 그야말로 전쟁의 시작이었다.

두 아들의 싸움은 매일 반복됐다. 누구 편도 들 수 없었던 나는 답답하기만 했다. 작은아들은 자기주장을 꺾지 않았고, 큰아들은 더 이상 오르지 않는 성적에 극도로 예민하고 불안해져서 잠을 설치는 상황이 여러 날 반복되었다.

그러던 어느 날 작은아들이 내게 편지를 보내오기 시작했다. 편지에는 부모님이 힘드시니 학교를 자퇴하고 검정고시로 합격하고 싶다, 내년에 대학에 진학하고 졸업해서 빨리 취업하겠다는 내용이었다.

나는 아빠가 아시면 큰일 난다고 작은아들을 설득했다. 50일이 넘어서 작은아들의 계획을 알게 된 남편은 당연히 극구 반대였다. 달래고 설득하고 야단도 치고 모든 방법을 동원했다. 수시로 학교에서 연락이 오고 출근하는 날 보다 아들을 찾아 학교로 가는 날이 더 많아졌다. 나도 점점 지쳐갔다.

여러 날이 지나고 가족 모두 지쳐있던 어느 날, 가족회의를 했다. 큰아들은 작은아들의 자퇴를 찬성했다. 나도 남편을 설득했다. 자퇴는 끝이 아니라 꿈을 향한 시작이라고 그럴싸하게 포장해서 설득했다. 남편은 심각하게 고민하더니 담배를 들고 밖으로 나가 한참동안 들어오지 않았다. 얼마나 시간이 지났을까. 남편이 다시 방으로 들어와 작은아들에게 물었다.

"아빠가 마지막으로 묻겠다. 꼭 자퇴를 해야겠냐?"

작은아들은 "아빠 죄송해요. 하지만 전 꼭 자퇴를 해야겠어요."라고 답했다. 남편은 그제야 고개를 끄덕이며 자퇴를 허락했다. 그렇게 가족회의가 끝나고 길고 긴 100일의 전쟁이 끝났다.

그날 밤 남편이 조용히 내게 말했다. 내가 뭘 그렇게 잘못했냐고, 뭘 그렇게 잘못했기에 이런 일이 생기는 거냐고, 그냥 평

범하게 고등학교 졸업시키는 게 이렇게 힘든 일이냐고 남편은 그 동안 참았던 말을 쏟아냈다. 나는 그날 밤 형광등 불빛에 비친 남편의 눈물을 보았다.

이런 일들을 뒤로 하고 작은 아들은 자퇴 후 하복을 구입했 다. 매번 교복을 자르던 아들이었다. 상의는 볼레로, 하의는 당 고바지로 입고 다니던 아들이 학생은 단정해야 한다며 자신의 용돈을 모아 하복을 샀다. 역시나 이해할 수 없는 조금은 독특 한 아들의 의견을 이제는 존중한다.

교복을 입고 친구들을 만난다는 설렘에 콧노래를 부르는 아 들을 보며 내가 일을 하지 않고 육아에 전념했으면 아들이 자퇴 를 했을까 하는 생각을 했다.

육아와 일을 모두 해야 했던 나는 나라를 구할 생각도 지구 를 구할 생각도 없었다. 그냥 내 이름으로 내 실력만큼 일을 하 겠다는 게 전부였다. 하지만 아들의 어린 시절을 지켜주지 못했 다는 죄책감만큼은 끝내 나를 놓아주지 않는다.

나의 성공은 아들의 외로움과 슬픔이었다

사무실 일을 마치고 다시 대학원을 준비하는 나를 보고 초등학교 3학년 큰아들이 말했다.

"엄마가 공부는 다 때가 있는 거라고 했잖아. 그런데 엄마는 그때가 왜 지금이야. 왜 지금 공부하러 가?"

급기야 큰아들은 울고 말았다.

큰아들은 동생의 준비물도 챙겨야 하고 받아쓰기도 봐줘야 하는데 엄마가 없으면 너무 힘들다고 토로한 것이었다.

책 읽기 싫어하는 큰아들에게 "공부는 때가 있는 거야. 이 순간을 놓치면 안 돼. 그래서 지금 열심히 해야 해."라고 했던 말을 그대로 돌려받았다.

일과 육아, 개인의 발전을 위한 공부까지 내가 욕심이 많아서 큰아들에게 짐을 지우는 건 아닌가 싶어 차마 발길이 떨어지지 않았다.

어릴 때부터 천식으로 에어로졸을 달고 살았던 작은아들을 매번 큰아들에게 잘 돌보라고 부탁했다. 어린이집 다닐 때부터 지금까지 큰아들에게 나의 책임을 떠넘긴 것이다.

어린이집에 다닐 때 큰아들은 집에 갈 시간만 되면 가슴을 때리며 선생님께 아프다고 했다고 한다. 병원에서 여러 가지 검사를 했지만 아무 이상이 없다고 했다. 의사 선생님께서는 심리적인 이유가 있을 수 있으니 아이가 마음의 안정을 찾을 수 있도록 당분간은 데리고 자보라고 했다.

그날 이후 큰아들과 작은아들 남편까지 가족 모두가 한 방에서 잤다. 어두컴컴한 방, 은은한 조명 아래 작은아들도 잠들고 큰아들과 단둘이 대화를 시작했다.

"아들, 어린이집에 가기 싫어?"

아들은 불빛에 비치는 내 머리카락을 만지며 "아니." 그러면서도 7살 아들의 얼굴이 시무룩해졌다.

아이는 나를 바라보며 "엄마 어린이집에 좀 일찍 와. 다른 친구들은 엄마가 일찍 와서 엄마만 원장선생님 아저씨보다 늦게 오잖아." 했다. 아들의 말을 듣고 아무 말도 할 수 없었다. 그냥 꼬옥 껴안아 주고는 말했다.

"우리 아들 엄마가 미안해."

큰아들의 가슴이 답답한 것은 다른 친구들보다 늦게 나타나는 엄마 때문인 듯했다. 아이를 잘 키워보겠다고 시작한 동화구연이 직업이 되었고 그런 경험을 바탕으로 강의를 시작했는데,

나의 성공은 철저하게 아들의 외로움과 슬픔으로 남겨졌던 모양이었다.

비 오는 날이면 우산을 들고 교문 앞에 기다리는 친구엄마들 사이 엄마는 없었다며 절규하던 아이의 모습, 수많은 어린이날 행사를 기획하면서도 정작 내 아이는 어린이날 엄마를 기다리며 집에 있어야 했던 현실. 아이들을 위해 시작한 일이 정작 아이들을 망치고 있다는 생각이 들자 너무 괴로웠다. 아이들을 위한다는 말 뒤에서 나의 성공만을 바라보고 있지는 않았는지 되돌아보았다.

한번은 남편 회사의 어린이날 행사를 기획한 적이 있다. 회사의 초청으로 남편과 아이들이 어린이날 축제에 참석하기 위해 회사로 갔다. 행사 전체 책임자인 나는 이른 새벽부터 현장을 체크하고 사람들을 맞을 준비를 하고 있었다.

정문을 통과해 주차를 한 후, 앞에 있는 엄마를 보고 반가워 달려오는 아이들을 안아주기는 했지만 대놓고 이야기할 수는 없었다. 회사 측 관계자 누구에게도 행사 기획사 대표가 사원의 아내라는 사실을 않았기 때문이었다.

나는 혹여 남편에게 피해를 줄까 남편의 직장이라는 사실을 비밀로 했다. 그날만큼은 일을 하면서 아이들과 함께 할 수 있는 유일한 어린이날 행사였지만, 아이들에게 온전히 시간을 내줄 수도 없었다.

아무것도 모르던 아이들은 무대 앞으로 다가와 "무대 위에 있는 사람 우리 엄만데…." 하면서 무대 앞을 서성였다. 아이들은 엄마와 같은 공간에 있는 것만으로 행복해했다. 그런 아이들을 두고 나만의 이기심과 욕심으로 채워진 길을 가고 있는 건 아닌지, 후회하고 포기하고 싶은 날이 셀 수 없이 많았다.

나는 여전히 엄마이자 죄인이다. 나의 성공이 아이들의 깊은 외로움과 슬픔인 줄 알면서도 어쩔 수 없다는 핑계를 대며 세월이 지나가기만을 바랐던 건 아닐까 스스로에게 묻는다.

4장‥

나라를 구한다는 생각은
하지 않는다

현장에 계신 분이 공부해야 합니다

일하며 학교 다니고 엄마로서의 역할을 모두 해내는 건 매우 힘든 일이다. 그래도 일하며 공부를 한 이유는 힘든 과정이면서도 공부를 통해 성장하는 나를 알아가는 기쁨이 남달랐기 때문이다.

청소년과 함께 하는 현장은 언제나 야단법석이다. 처음에는 두 아들을 잘 키우기 위해 동화구연을 시작했다. 그리고 동화구연이 인형극을 제작하게 되는 동기가 되어 2001년 경남유아교사문화원을 만들었다.

문화원을 꾸려가면서 청소년문화를 알게 되었고 자연스럽게 2005년 해맑음문화활동센터 설립으로 이어졌다. 해맑음문화활동센터는 지금의 사회적기업㈜해맑음의 모태가 되는 곳이면서 지금도 여전히 사회공헌센터로써 제 역할을 하고 있다.

처음 경남유아교사문화원을 운영하면서 다양한 콘텐츠를 접하게 되었다. 그 속에서 나 스스로에 대한 부족함을 깨닫고 대학원에서 더 전문적인 공부를 해야 되겠다는 생각을 했다. 그리고 청소년학 전공 석사 과정에 입학했다. 일주일에 두 번은 경남 창원에서 경북 경산까지 일, 육아, 공부까지 일주일이 어떻게 지나가는지 모르게 열심히 살았다. 일하고 공부하고 아이 돌보는 일까지 정신없이 하다 보니, 몸이 손오공처럼 여러 개가 있으면 좋겠다는 생각을 했다.

　　결국 청소년의 현실요법치료 프로그램으로 논문을 쓰고 석사를 마쳤다. 석사를 마쳤지만 박사까지 공부할 생각은 없었다. 박사과정은 육아도 일도 없는 공부만 하는 사람들의 몫이라 생각하고 더는 공부를 하지 않겠다고 결심한 탓이었다.

　　그런 나에게 현장에 계신 한 분이 끝없이 공부해야 한다며 장장 10년을 설득했다. 일 년에 한 번은 당신 제자들을 만나기 위해 창원에 오셨는데 그때면 꼭 우리 사무실에 방문해주셨다. 사무실에 오셔서는 언제나 현장에 있는 사람이 공부해야 한다고 박사과정을 추천하셨다.

　　그때마다 거절했다. 공부는 공부하는 사람이 해야 한다고 했다. 지치지도 않으시는지 교수님께서는 일 년에 두 번 상반기 원서시즌과 하반기 원서시즌이 돌아올 때면 어김없이 연락을 주셨다. 제발 이제 그만 하시라고 해도 당신이 오시기 힘들 때는 지역에서 같이 활동하고 있는 제자들을 보내 권유하기도 하셨다.

교수님과의 인연은 석사 마지막 논문 심사 때 시작됐다. 첫 논문을 쓰다 포기하고 6개월 후 다시 정리해서 공개발표에 도전한 날이었다. 처음 우리학교에 오신 젊은 교수님께서 심사에 대한 피드백을 조곤조곤 설명해주시고 다시 정리한 부분을 참고하라고 메모까지 해주셨다.

하지만 수정에 수정을 거듭할수록 내가 쓰고자 했던 글은 어디 갔는지 알 수 없을 정도로 글이 산으로 가고 있었다. 일하면서 먼 거리를 다녀야 하는 내게는 정말 힘든 시간이었다. 마지막 논의 부분을 수정 할 때 교수님께서 컴퓨터 앞에 가만히 넋 놓고 앉아있는 나에게 말을 걸었다.

"선생님이 이 연구를 통해 세상에 하고 싶은 말은 무엇입니까?"

나는 한참을 생각하다가 비행청소년의 재범률을 줄일 수 있는 놀이치료프로그램이 필요하다고 생각하며, 나의 연구에서는 청소년들의 자존감이 올라가고 공격성이 감소하는 결과가 나왔다고 했다. 현장에서 많은 경험을 통해서 얻은 결과를 학위논문 주제로 선택했고 어렵게 진행한 연구인만큼 자신감 있게 말씀드린 것이었다.

이야기를 모두 들은 교수님께서 질문하셨다.

"이 논문은 누구의 논문입니까?"

"제 논문이죠."

"그렇죠. 이 논문은 선생님 논문입니다. 연구의 이론적 배경은 참고문헌이 있어야 하지만 마지막 논의 부분은 이 연구를 시작한 선생님의 글을 써야하는 깃입니다. 이 논문을 통해 무슨 말을 하고 싶은지를 쓰세요."

집에서 와서 논문을 수정하면서 계속 교수님 말씀이 귓가를 맴돌았다.

'이 논문을 통해 무슨 말을 하고 싶은지.'

내가 일을 시작하게 된 동기도 청소년으로 시작되었고 지금 하고 있는 일도 청소년문화활동 사업이었다. 다양한 청소년들의 욕구를 반영한 눈높이 교육을 주장하기 위해 시작한 연구였다. 지금 생각해보면 그때 내 고민을 아셨기에 늘 현장에 있는 사람이 공부해야 한다고 하셨는지도 모르겠다.

이제 시간이 흘러 박사학위를 끝낸 나에게 교수님께서는 또 다시 말씀하신다.

"제가 선생님에게 박사과정을 하라고 했듯이 선생님도 다른 분들에게 학문을 함께 하실 수 있는 분이 되셔야 합니다."

일한다고 해서 일에만 집중하기보다 스스로를 성장시킬 수 있는 공부를 깊이 있게 해야 한다는 말씀은 지금의 나를 있게 한 원동력이다.

박사학위는 다시 아래로 내려와 시작하는 것

지도교수님께서 동영상을 보내주셨다. 엄마곰과 아기곰이 가파른 빙판길을 오르고 있었다. 엄마 곰을 따라가던 아기곰은 빙판길에서 여러 번 미끄러져 떨어지고 또 떨어지기기를 반복하고 정상에 오른 엄마곰은 계속 지켜보고 있었다. 결국 아기곰은 엄마곰을 따라 정상에 도착해 함께 걸어가는 내용이었다. 그리고 "박사학위는 아래로 내려와서 다시 출발하는 아기곰의 모습"이라는 문자를 보내 주셨다.

나에게 아버지는 두 분이다. 한 분은 나를 낳아주신 아버지이고 한 분은 학문에 눈을 뜨게 해주신 학문의 아버지, 아기곰의 영상과 문자를 주신 지도교수님이시다. 처음 입학할 때 논문을 쓸 거냐고 질문하셨는데, 나는 용감 무식하게도 안 쓰겠다고 대답했다.

사실 마음으로는 쓰고 싶지만 살림하는 엄마, 회사를 운영하는 대표 거기다가 공부까지 그건 니에게 사치이며 욕심이라 생각했다. 그래도 박사과정에 입학한 것은 더 배워야 앞으로 나아갈 수 있기 때문이었다. 현장에서 일하다 보면 놓치는 경우도 많고 지치고 힘들다는 핑계로 자연히 공부를 게을리하게 된다. 하지만 더 나아가기 위해 끝없이 노력해만 한다는 생각에 가족의 동의를 얻어 박사과정에 들어갔다.

시작이 반이라고 입학하면 수료는 하겠지하는 마음으로 시작했지만 박사과정은 매일 밤을 하얗게 지새울 만큼 힘든 과정이었다.

한동안 지쳐 있을 때 교수님께서는 특별한 과제를 주셨다. 지도교수님의 스승님 이야기를 들려주시며 학문은 내 마음의 고향을 찾아 떠나는 여행이라고 하시고는, 모두에게 공부를 왜 하는지 마음의 고향은 어디인지 페이퍼로 제출하라고 하셨다.

번역이나 발표과제 보다 마음의 글을 정리하는 페이퍼가 더 힘든 과제였다. 일반적인 발표는 자료만 찾아 준비하면 중간은 간다 치지만, 마음을 정리하는 페이퍼는 나 자신을 돌아보고 박사과정에 임하는 자세를 정리해야 하는 글이기에 깊은 고민에 빠져들 수밖에 없었다.

그냥 더 공부해야 앞으로 나아가기 때문에? 아니면 학위가 필요해서? 공부를 다시 시작한 진짜 이유에 대해 생각하는 시간이 깊어져 갔다. 교수님께서는 매번 이렇게 스스로를 돌아보고 성찰하는 시간을 과제로 주셨다.

하지만 지도교수님과의 만남의 시간이 항상 행복하고 즐거웠던 건 아니다. 학자이신 만큼 학문적인 요구사항이 높아서 일과 육아를 같이 하는 나로서는 따라가기 힘들 때도 많았다. 교수님의 기대에 반만이라도 따라가려 노력했지만, 매번 선을 넘지 못하고 나 스스로가 만든 한계에 다다르고 나면 포기하고 싶다는 생각이 절로 들었다. 그럴 때마다 교수님께서는 어떻게든 내가 그 한계를 넘어갈 수 있도록 함께 고민해주셨다.

공개발표를 시작으로 두 번째 세 번째 심사가 이어지면서 경남 창원에서 경북 하양까지 운전을 하며 낮에는 일하고 밤에는 공부하고 틈틈이 집안일까지 해야 했던 시기가 있었다. 과중한 일과 공부, 집안일에 나는 끝없이 지쳐가고 있었다.

하루는 심사가 끝나고 교수님께서 나를 부르시더니 잠깐 같이 갈 데가 있다고 나가자고 하셨다. 교수님께서 같이 갈 때가 있다고 하시니 부족한 학문으로 논문을 포기하라는 말씀을 하시려고 그러나 긴장해서 따라 나섰다. 그런데 학교 옆 한적한 커피숍에 주차를 하시더니 내리라고 했다. 커피숍에 들어가 차를 주문하고 교수님께서는 차를 드시는 동안 아무 말씀도 없으셨다.

그러다 첫마디에 "안선생님 힘들지요? 일하면서 그 먼 거리를 달려와 공부하기도 힘들었을 텐데⋯."라며 말을 이었다.

"안선생님이 기업의 대표이든 누구든 간에 이곳은 학문하는 곳입니다. 그것은 누구도 예외가 없습니다. 스스로 노력해서 길을 찾아야 하는 곳입니다. 나는 안선생님이 더 깊은 사람으로 성장하길 바랍니다."

교수님은 지치고 힘들어하는 나를 위해 잠시 돌아보고 쉬어가라고 차 한 잔을 권하셨다고 했다. 차 한 잔의 따뜻한 온기가 마음 깊은 곳에 불씨가 되어 지금도 학문을 연구하는 자로서의 부끄러움 없이 살아가기 위해 노력하는 힘이 되고 있다.

이제 박사학위를 받았지만 교수님께서는 더 깊이 있게 자신의 학문을 연구하라고 재촉하신다.

직원을 책임지는 대표로서 엄마로서 학문을 하는 사람으로 두려움도 크지만 또 다른 넘어야 하는 산이라 생각하고 열심히 앞으로 나아갈 것이다.

마음의 고향을 찾아서

　여러 고민 끝에 교수님께 청강 신청을 했다. 박사과정을 끝내고 다시 강의를 들으며 공부에 매진하고 싶은 마음에 지도교수님의 허락을 얻어 어렵게 시작한 청강이었다. 박사과정을 마치고 다시 박사논문이 나를 기다리고 있다는 두려움도 있었지만, 일과 중 유일하게 마음의 안식과 휴식을 얻을 수 있는 학교에서의 시간이 좋았다.

　일을 하며 만나는 사람들과는 비즈니스와 관계되는 일 이외에는 특별한 대화가 없다. 취미생활을 가끔 이야기하지만 결국 마지막에는 일 이야기로 정리가 된다. 아침에 출근해서 일정을 마치면 집이라는 직장으로 다시 출근하니 오로지 학교가 나에게는 휴식처가 되는 셈이다. 학교가 나를 버티게 하는 힘이었던 것이다.

　매주 집이 있는 경남 창원에서 학교가 있는 경북 경산까지 오간다는 게 쉬운 결정은 아니다. 직원들에게 피해를 줄 수 없으니 그전에 많은 일들을 처리해야 하기에, 대학원 파성을 시작하기 전 많은 고민을 했다.

　가족들한테 박사수료 후에도 학교에 가야 하는 이유를 설명해야 했다. 내가 속해 있는 나의 직장, 가정 모두의 동의를 구해야 하고 다행이 모두 동의를 해주었다 해도 누구도 대신해주지 않는 내 일은 그대로 내 몫으로 남는다.

　처음 청소년에 대한 공부를 시작해서 지금까지 나는 줄곧 현장에서 세상의 변화를 위해 노력해왔다. 어쩌면 스스로는 변화를 두려워하며 세상을 바꾸려고 한 나의 무모함 때문에 가장 상처를 받은 건 내 소중한 가족이었을 것이다.

　이제는 청년이 된 큰아들이 사춘기 시절 "엄마가 소년원 형들을 위해 통닭을 사 가지고 갈 때 우리는 집에서 굶고 있다는 것을 알아줬으면 해."라고 했던 말은 내 심장 깊은 곳에 못이 박히는 듯한 마음의 고통을 안겼다.

　하지만 그런 아들도 직장을 다니며 대학원 공부를 시작했다. 매번 직장을 마치고 대학원에 가고 실험하고 학회지를 쓰면서 조금씩 아들도 나를 이해하기 시작했다.

　어느 날 저녁 새벽이 다 되어 집에 도착한 아들은 직장에 다니면서 공부한다는 건 미친 짓이라며 너무 힘들다고 했다. 그러면서 아들이 말했다.

"엄마는 어떻게 했어? 직장 다니면서 우리 다 키우고 살림하고 대학원까지."

아들의 말에 나는 헛웃음이 났다. 그걸 이제 알아주니 고맙다는 생각이 들면서도 그나마 넌 직장생활하고 공부만 하면 되니 수월한 줄 알라고 말하고 싶었지만 꾹 참았다. 그래서인지 청강까지 듣겠다는 나를 아들은 존경한다고 했다.

대학원에 입학할 때 내 모습을 떠올려 보면 조각난 파편처럼 비뚤어지고 세상에 지쳐 있었다고밖에 표현할 수 없다. 하고자 하는 일에 대한 열정은 얼음 조각처럼 나의 심장을 찌르고 있었다.

두 아들을 키우며 회사를 운영하기는 결코 쉬운 일이 아니었다. 그때 내 마음은 어두운 밤 깊은 산에 혼자 버려진 느낌에 가까웠다. 그런 나에게 대학원은 등불이 되어주었다. 그 등불을 향해 가는 동안 파편 조각에 불과했던 내 모습은 조금씩 변했다. 나를 찌르던 얼음 조각은 봄눈처럼 녹아 나의 심장을 따뜻하게 데워 주었다.

내가 청강을 듣고자 했던 첫 번째 이유였다. 다시 어둡고 컴컴한 산에 혼자 버려지는 두려움에서 벗어나고자 청강을 듣게 되었다.

수업에 뒤쳐지면 어쩌나 하는 두려움도 컸지만 겪고 나니 두려움은 내가 넘어야 할 또 다른 과제였다는 생각이 든다. 내가 마음의 고향을 못 찾은 이유는 스스로가 만든 벽 때문이 아니었을까. 넘을 수 없다고 믿었던 장벽을 세워두고 나는 할 수 없고 모두 남의 이야기라며 합리화하면서 비겁함 뒤로 숨어 있었던 건 아닐까. 대학원은 포기를 용기를 바꾸고, 비겁함을 지식과 연대로 무장할 수 있도록 도와주었다.

긴 겨울이 지나면 봄이 찾아온다. 아니 긴 겨울이 '지나야' 봄은 찾아온다. 오랫동안 찾아온 마음의 고향을 향해 나는 오늘도 조금씩 나아간다.

5장··

갱년기가 사춘기를 이겼다

엄마가 우리를 언제 버렸지?

모처럼 아이들과 함께 저녁을 먹기 위해 일찍 일을 마치고 퇴근했다. 아이들이 좋아하는 삼겹살을 준비하고 쌈장과 상추, 묵은지와 함께 저녁상을 차렸다.

두 아들은 주방 옆방에 누워 다정하게 이야기를 나누고 있었다. 두 아들이 중학교 입학부터 고등학교 졸업까지 하루도 조용할 날이 없던 우리 집에 오랜만에 찾아온 평화였다. 나는 이 행복을 놓칠세라 콧노래를 흥얼거리며 저녁을 준비하면서도 둘이서 무슨 이야기를 하는지 귀를 기울였다. 그런데 들려오는 말은 내 예상과는 크게 달랐다.

"엄마가 우리를 언제 버렸지?"

큰아들이 작은아들에게 물었다. 작은아들은 "아마 내가 어린이집 가기 시작한 날부터가 아닐까?"라고 답했다.

이게 무슨 소리지? 내가 아이들을 버리다니. 고기를 한판 구워 식탁에 놓으며 두 아들을 향해 식탁에 앉으라고 했다.

그러고는 "엄마가 너희들을 언제 버렸니?"리고 물었다.

큰아들과 작은아들은 서로 얼굴을 마주 보며 아무 일 없다는 듯 들은 척도 안 하고 상추에 삼겹살 한 점을 올리고 김치를 싸서 먹었다. 나는 다시 고기 접시를 가까이 가져다주며 아이들에게 물었다.

"말해봐. 엄마가 너희들을 언제 버렸다는 거야?"

그제야 큰아들과 작은아들이 익살스런 표정으로 씨익 웃으며 말했다.

"엄마는 우리를 버렸다고 생각 안 하겠지. 엄마는 엄마 일을 하고 엄마 공부를 했으니까. 하지만 우리 옆에 엄마는 없었어. 그럼 버린 거지."

큰아들의 당당한 대답에 뭐라 변명을 하지도 못하던 찰나, 작은아들도 제 형의 말을 거들었다.

"엄마는 억울할 수도 있겠지만 형하고 나하고 항상 둘이서 집을 지켰어. 우리가 필요할 때 엄마는 없었어."

가슴이 철렁 바닥으로 떨어지며 마음이 먹먹했다. 엄마를 열심히 사는 사람으로 봐줄 수는 없는지, 두 아들에게 변명이라도 하고 싶었지만 차마 말로 꺼낼 수 없었다.

지난날 작은아들이 중학교에 입학해 빨강머리, 노란머리, 초록머리로 염색할 때, 큰아들이 소리치며 했던 말, 애가 저 모양인데 엄마는 뭐하냐고 비행 청소년 돌보고 상담한다고만 하지 말고 동생한테 관심 좀 가지라고 했던 말, 작은아들이 울면서 "엄마는 내가 필요할 때는 옆에 없었어."라고 했던 말들이 귓가에 들리는 듯했다.

고기를 구우면서 나도 모르게 얼굴이 붉어지며 눈물이 나왔다. 훌쩍거리는 내게 아이들은 미안하다며 그냥 해본 소리라고 했지만 나는 너무 미안했다.

작은아들은 "엄마, 이제 우리 행복하잖아. 이런 말을 엄마한테 할 수 있다는 건 우리가 이미 엄마를 이해했다는 거야. 근데 왜 울어? 미안해하는 거 그만해." 했다.

지난 시절, 작은아들의 자퇴와 가출, 큰아들의 방황 등 많은 일들이 있었다. 그런 힘든 과정 속에서 꿋꿋하게 일하고 공부하고 살림하고 아이들을 위해 노력했다고 생각했는데 정작 아이들이 필요할 때 내가 함께 하지 못했구나 하는 생각에 목이 메었다.

큰아들이 "그만 울어. 우리가 잘못했어. 엄마는 세상을 위해 가치 있는 일을 하는 사람이라고 생각해. 그래서 엄마를 존경해."라고 했지만 나는 눈물을 멈추기는커녕 더 큰 소리를 내며 울어버리고 말았다. "엄마가 미안해. 엄마가 미안해."라는 말만을 반복하면서.

그 어떤 말로도 아이들의 지난 시간을 보상해줄 방법이 없다. 하지만 늦었다고 해도 진심으로 사과를 전해야겠다싶어 미안하다는 말을 반복했다. 작은아들이 검정고시에 합격하고 큰 아들이 군 입대하는 날을 받아놓았던 저녁의 일이다.

요즘도 가끔 아이들에게 묻는다.

"아직도 엄마가 너희를 버렸다고 생각하니?"

"그만 좀 해. 그 말을 아직 기억하고 있어?"

두 아들의 대답이다.

일과 육아 두 가지를 함께 잘한다는 것은 나의 착각일까. 열심히 사는 모습을 보여주는 것이 아이의 교육에 도움이 될 거라고 생각했는데 정작 아이들은 엄마와 함께한 시간의 소중함을 더 기억하는 것 같다.

"아들! 엄마가 미안해."

아들의 꿈을 향한 마라톤

이글거리는 태양 아래 잔뜩 열을 받아, 숯가마보다 뜨거웠던 차안에서 나는 소리를 지르며 참았던 울음을 터트렸다. 왜 아들에게 이런 일이 생겼는지 너무 가슴이 아팠기 때문이다.

골프 연습생이던 작은아들이 얼마 전부터 허리가 아프다고 했다. 몇 번의 물리치료를 받아도 효과가 없었다. 게다가 시간이 지날수록 허리가 아픈 건지 엉덩이가 아픈 건지도 잘 모르겠다고 했다.

하지만 그때는 시합을 앞두고 연습을 많이 해서 그런가보다 지나쳤다. 시합이 다가오니 무리하게 연습을 해서 그렇겠거니 무심코 넘겼다.

"악! 엄마!"

그러던 어느 날 아침, 식사 준비를 하던 나는 아들의 비명소리에 깜작 놀라 방으로 달려갔다. 작은아들은 자리에서 일어날

수가 없을 정도로 아프다고 했다.

"엄마 나 너무 아파. 엉덩이가 아픈 건지 허리가 아픈 건지 견딜 수 없을 만큼 아파."

실외에서 하는 연습 탓에 얼굴이 새까맣게 그을린 아들의 얼굴이 눈물로 번지고 있었다.

"엄마, 나 시합에 못 나가면 어떡해."

걱정하는 아들을 데리고 서둘러 병원으로 향했다. 정확한 상태를 확인하기 위해 정형외과에서 류마티스내과로 옮겨가며 여러 가지 검사를 진행했다. 나는 검사를 받는 동안 아무 일 없기만을 간절히 기도했다.

어릴 적부터 잦은 병치레로 병원을 전전했던 아들이지만 지금껏 잘 커 주었기에 이번에도 아무 일 없이 지나가기만을 빌며 의사 선생님을 만나러 갔다.

"군대는 아직 가기 전이죠? 신체검사는 받으셨나요?"

아들과 나는 지금 아픈 곳과 군대는 무슨 상관인지 왜 그런 질문을 하는 건지 어리둥절했다. 의사는 다시 차분하게 말을 이어갔다.

피검사 결과 이 병은 군대를 갈 수도 없고 가서도 안 되는 병이니 다시 신체검사를 받으라고 했다. 그리고 더 이상 골프는 할 수 없다고 했다. 아들과 나는 담담하게 듣기만 했다. 의사가 무슨 이야기를 하고 있는지 지금 이 상황을 어떻게 이해해야 하는지 머리가 멍했다. 아들을 쳐다보고 아들의 마음을 헤아릴 여유도 없었다. 그 순간 아들이 먼저 입을 열었다.

"그럼 신검을 다시 받으면 군대를 안 가도 되는 건가요?"

아들은 앞으로 골프를 못 하게 된다는 사실보다 군대를 못 간다는 얘기가 더 와 닿는 모양이었다. 그도 그럴 듯이 아들은 골프를 시작하면서 계속 군 문제로 고민이 많았다. 군대를 갔다 오면 골프 감각을 다 잃어버리게 될 테고 그러면 처음부터 다시 시작해야 한다는 말을 들어서였다.

참나. 지금 이 순간 그게 무슨 소용인가. 아들의 병은 이제 골프를 할 수 없는 병이라는데... 난 애써 침착하면서도 대수롭지 않게 아들을 잠시 밖으로 내보냈다. 그리고 다시 의사에게 물었다.

"아들 병명이 뭡니까?" 의사는 차분하게 말했다.

"피검사 결과 아드님의 병명은 강직성 척수염입니다."

강직성 척수염은 근육이 굳어가는 병으로 몸을 한쪽으로만 기울여 치는 골프는 앞으로 평생 할 수 없었다. 강직성 척수염은 오랜 기간의 염증이 생기고 관절에 변화가 일어나고 척추에 염증이 생겨 움직임이 둔해지는 병이라고 했다. 그래서 무리한 운동이나 일은 할 수 없다고 했다.

골프는 많은 방황 끝에 아들이 결정한 꿈이었다. 유일하게 스스로 시작해서 알아보고 배우던 골프를 계속할 수 없다는 얘기를 어떻게 해야 하나 막막하기만 했다.

집으로 돌아와 아들에게 쉬라는 말과 나는 다시 사무실로 향했다. 일을 코앞에 두고도 일을 할 수 없었다. 우선 남편에게 전화를 걸어 사실을 알리고 펑펑 울었다. 너무 미안해서 미안하다는 말을 할 수 없을 지경이었다. 이 모든 시작이 내가 일을 하면서 아이를 제대로 볼보지 못해 생긴 것아 한참을 울었다.

그때 아들 친구한테서 전화가 왔다.

"어머니 현이 무슨 일 있나요? 잠깐 만나자 해서 왔는데 계속 울기만 하고 말을 안 해요."

아들을 걱정하는 친구의 말을 듣고 아들의 장난끼 어린 말에 담긴 진심을 알았다. 의사 앞에서 애써 담담한척 했지만 자신도 크게 낙담한 게 분명했다. 친구를 만나 울고 있는 아들을 떠올리니 가슴이 먹먹했다.

아들 친구에게는 별일 아니라고 그냥 받아주고 들어주기만 하면 된다고 했다. 그날 밤 아들은 아무 일 없다는 듯 해맑게 웃으며 아프니까 조금씩 쉬면서 연습하면 된다고 했다. 물리치료사인 큰아들은 동생을 어떻게 위로해야 할지 막막하다고 하고 남편은 검사오류일수 있으니 서울로 가서 다시 검사를 받아보자고 했다.

그날 밤, 우리는 각자의 방에서 어금니를 꽉 깨문 채 가슴으로 울었다. 가족 모두에게 결코 잊을 수 없는 긴 밤이었을 것이다.

갱년기가 사춘기를 이겼다

등줄기가 뜨거워지더니 얼굴이 붉게 타오르다가 곧 이마에서 부터 비가 내리기 시작한다. 수시로 달아오르는 얼굴에서 폭포 수 같은 땀이 흘러내리면 안경에 서리가 끼고 눈앞이 잘 보이지 않는다. 일을 하고 싶어도 할 수 없을 만큼 약해진 체력에, 기억 력은 점점 멀어져만 가고 집중력은 눈에 띄게 떨어졌다.

쉰이 넘은 나이, 아직 하고 싶은 일이 많은데 육신은 멀리 갈 준비라도 하는 걸까. 이제 아이도 크고 남편하고도 의견이 잘 조율되고 공부도 마치고 사회적으로 안정된 시기인데 왜 이 런 일이 일어나는가. 나약한 인간의 존재에 한계를 느끼며 울다 가 웃다가 나도 모르게 예민한 고슴도치가 되어 주변 사람 모 두에게 날을 세우고 있다.

나이 탓인지 큰언니는 어깨가 아파 잠을 못자고 둘째 언니는 뼛속으로 찬바람이 불어와 뼈가 시려 잠을 못 잔다고 했다. 한때는 그건 나와는 상관없는 언니들의 이야기라고만 생각했다.

그런데 언젠가부터 언니들의 이야기가 내 앞의 현실이 되어 성큼 다가왔다. 세상의 모든 일에 자신감이 없어지고 조울증 환자처럼 기쁘다가 슬프다가를 반복했다. 몸도 불처럼 뜨거워지는 체온에 덥다고 했다가 금방 춥다고 했다가 수시로 오락가락하니, 가족들은 어서 병원에 가보라고 성화였다.

언제나 젊음을 유지하지는 못하지만 아직은 아니라고 생각했던 모든 증상들이 하나 둘 나타나기 시작했다. 강의를 할 때 얼굴이 붉게 타오르면 곧이어 쏟아지는 땀 때문에 강의를 듣던 분들은 어디가 아프냐고 묻기 일쑤였다.

그런 일이 반복되다 보니 나 역시 강연장에 들어서기가 두려워졌다. 이번에도 얼굴이 빨개지고 땀이 흐르면 어쩌지 하는 불안한 마음에 늦은 밤 혼자 여러 날을 울었다. 늙어가고 나이를 든다는 것은 당연하지만 열심히 살아온 인생이 허무하다는 생각이 들었다. 먼 곳으로 몇 달씩 출장 가 있는 남편에게 전화를 걸어 울면서 짜증도 내봤지만 병원에 가보라는 말 외에는 답이 없었다.

그러다 서울에 있는 작은아들한테 전화가 왔다. "엄마, 어디 아파? 아빠가 엄마 아프다고 자주 전화하라던데 무슨 일 있어?" 전화를 받으면서도 얼굴이 뜨거워지기 시작했다. 간단한 안부

인사만 하고는 전화를 끊었다.

직장을 다니며 석사 과정을 겸하고 있는 큰아들이 자정이 다 되어 집으로 왔다. 거실에 가만히 앉아 있는 나를 보더니 "요즘 무슨 일 있어? 뭐 필요한 거 있으면 말을 해." 했다.

나도 내가 왜 이러는지 모르겠는데 무슨 말을 해야 하는지, 뭐가 필요한지 무엇 때문에 슬픈지 당최 흐르는 눈물을 멈출 수가 없어 당황스러웠다. 눈물이 흐르는 까닭을 모르니 나 역시 답답할 뿐인데 우리 집 세 남자는 자꾸 나보고 불만이 뭔지 말하라고 한다. 며칠 뒤 서울에서 작은아들이 내려왔다.

"엄마, 아빠가 엄마를 기쁘게 해드리라고 해서 왔어요."

작은아들은 신이 나서 애교를 부렸지만 난 아무 말도 하지 않고 쉬라는 말만 남기고 내방으로 들어 와 자리에 누워 버렸다.

작은아들이 따라 들어와 어디가 아프냐 물으며 이마도 짚어 보고 먹고 싶은 거 없냐고도 물으며 계속 혼자 수다를 떨었다.

잠시 후 큰아들이 퇴근해 방으로 뭔가를 들고 들어왔다. 검정 비닐에 싸여 있는 물건을 내게 던지듯 툭 건네며 말했다.

"무조건 하루 한 개씩 먹어라. 몸에 좋은 거라 하더라. 병원 간호사 샘들한테 엄마 증상 이야기하고 사온거다. 알았제? 꼭 먹어라." 했다.

침대에 누워 있다가 "먼데?"하고 비닐을 펼치며 일어났다. 빨간색 씨앗들이 알알이 먹음직스럽게 열려있는 석류 세 개짜리 두 세트. 한참을 바라보았다.

거실 밖으로 나오니 두 아들이 TV를 보고 있다. 작은아들이 달려와 내게 백허그를 하며 말한다.

"엄마 갱년기 그거 우리가 겪은 사춘기랑 같은 거야. 조금 있으면 지나가. 걱정 마."

큰아들도 석류를 먹으면 기분이 좋아진다고 걱정 마시라고 덧붙인다.

그로부터 4년이 지났다. 나의 갱년기는 조금씩 호전되고 있지만 여전히 불타오르는 안면홍조에 별일 없이 버럭 가족에게 화를 내기도 하고 혼자 소리 내어 울기도 한다.

하루는 큰아들이 성탄절이 다가온다며 서울에 있는 동생도 불렀으니 저녁을 같이 먹자고 했다. 내가 좋아하는 패밀리레스토랑에서 실로 오랜만에 두 아들과 오붓하게 식사를 하고는 집으로 돌아왔다. 큰아들이 말했다.

"이제 우리 걱정 말고 엄마를 위해 살아라."

작은아들도 "그래 그동안 일하면서 우리까지 키운다고 고생만 했잖아. 이제 엄마 하고 싶은 거 다 하고 살아."하며 거들었다.

사실 두 아이가 나를 위해 저녁식사 자리를 마련한 것이었다. 작은아들이 덧붙였다.

"엄마가 이겼어. 갱년기는 사춘기 보다 센 것 같아. 갱년기가 사춘기를 이겼어."

6장··

죽어야 사는 여자

대표가 여자라서 죄송합니다

2010년 3월, 어린이날을 맞아 대한민국에서 가장 큰 축제를 하고 싶다는 전화를 받았다. 책에서 내 연락처를 보고 전화했다면서 말이다. 봄기운이라고 하기에는 아직은 쌀쌀한 날씨에 사무실 직원과 함께 B사를 방문했다.

　B사 팀장은 세계 기네스북에 오를 수 있는 풍선축제를 하고 싶다고 했다. 그리고 기네스북에 들어가는 조건과 그 정도 규모의 축제를 할 수 있는 견적과 자료사진을 보내 달라는 요청을 받았다.

　전국에 있는 풍선 아티스트를 섭외하고 릴레이 기획토론을 진행했다. 아이들에게 동화책 속으로 들어가는 느낌을 주기 위해 동화, 만화 주인공을 다 만들기로 결정했다.

　견적서를 보내고 담당자와 몇 번의 미팅을 통해 최종 결정을 남겨두고 있었다. 담당자는 이사님이 최종 결재를 받기 전 직접

만나보고 결정하겠다고 하셨으니 설명 자료를 잘 챙겨 오라고
했다.

B사에 도착해 정문 앞 본관 사무실 계단을 올라갔다. 그날
은 이전까지 담당자하고만 미팅을 해서 몰랐던 각 부서 팀장들
을 모두 한자리에서 볼 수 있었다. 각 부서 팀장들이 나란히 앉
아있던 사각테이블에는 중간 한자리와 맞은 편 중간자리가 비워
져 있었다.

이어서 B사의 이사가 사무실로 들어왔고 직원들 사이 가운
데 자리에 앉았다. 나 역시 직원과 함께 최종미팅에서 결정된 설
명 자료를 들고 목례를 한 다음, 자리에 앉았다.

잠깐의 침묵이 흐르고 B사 이사가 "손님이 오셨는데 차 한
잔 준비 해주지."라고 말문을 떼자 직원 한 사람이 커피를 준비
해 모두에게 나눠줬다.

커피를 마시며 회의가 시작되었다. 이사는 B사 팀장들을 일
일이 소개주고 본인이 결정권자이기는 하지만 여기 있는 팀장들
의 의견도 들어 봐야한다며 처음부터 끝까지 다시 설명해달라
고 요청했다.

나는 축제기간은 5월 4일부터 시작해 10일 동안이며 B사 야
외 전체 어느 곳을 다녀도 풍선을 볼 수 있고 체험할 수 있도록
준비한다는 내용으로 발표를 마쳤다. B사 이사님은 가만히 듣고

있다가 팀장들에게 의견을 물었다.

팀장들은 다양한 질문과 의견을 쏟아냈는데, 그중에서도 야외에 설치한 대형 풍선이 10일 동안 처음 그 모습 그대로 유지 가능한지에 대한 질문이 가장 많았다. 우리는 처음 모습을 유지하기는 힘들겠지만 매일 저녁 보수를 한다면 어느 정도 가능하다고 답했다.

그리고 B사 직원들에게 간단한 교육을 통해 보수 작업을 같이 할 수 있도록 하겠다는 내용도 덧붙였다. 계약은 순조롭게 진행되었다. 풍선행사로는 국내에서 가장 큰 금액의 행사가 될 것이었다. 여러 행사를 해보았지만 풍선을 가지고 10일 동안 야외 행사를 지속한다는 건 사실 위험 부담이 컸다.

어린이들이 동화 속으로 쏙 빠져들 수 있도록 준비한 5월 5일 행사를 10일 정도 남겨 두고, 전국에서 내로라하는 최고의 아티스트가 모두 모였다. 각 아티스트가 맡은 분야를 수행하기 위해 각자의 작업실에서 밤샘작업이 시작되었다.

여전히 바람이 차던 4월 마지막 주, 현장에는 직원만 남겨두고 나는 사무실에 들어와 있었다. 행사 외 다른 일들을 처리하고 현장에 작업 상황을 체크한 다음 대구 학교에 강의를 갔다가 다시 현장으로 가야하는 상황이었다.

현장에 도착하니 이미 시간이 많이 늦어 있었다. 깊어가는 밤. 남은 작업을 하고 있는데 B사의 팀장들이 작업 하는 곳에 왔다.

팀장들의 첫마디는 "저녁은 좀 드시고 하십니까?"였다.

"야외라서 많이 추울 텐데."

"그런데 결혼은 하셨습니까?"

"아이를 돌봐주는 사람이 있습니까?" 등 아저씨 팀장님들의 관심을 한 몸에 다 받았다. 섭외한 팀들 중 남자 선생님도 계셨지만 20대부터 50대까지 여성들로만 구성된 우리 팀에 시선이 집중된 탓이었다.

어딜 가나 비슷한 질문을 받는다. 그리고 때로는 여성들로만 이루진 회사라고 못 미더워 하는 사람도 있다.

행사를 마치고 가끔 거래처와 회식을 할 때가 있다. 그때 마다 듣는 소리가 "대표도 여자, 직원도 여자. 이거 술 한 잔 같이 할 수 있나?"였다.

그럴수록 우리는 어금니 꽉 깨물고 정신력으로 버터 내며 술을 건네는 남자에 지지 않았다. 하지만 담배는 어떻게 해볼 도리가 없었다.

비 오는 거리에서 희미한 가로등 아래 서로를 벗 삼아 피우는 담배 연기 속에 세상사 끈끈한 우정이 싹튼다고들 한다. 한때는 회사 영업을 위해 담배를 피워야 하나 진지하게 고민해본 적도 있다.

작업을 마치고 숙소로 돌아가려는데 바람이 세차게 불기 시작했다. D데이가 바로 코앞인데 돌풍이 풍선 작품을 세팅해 놓은 곳으로 세차게 휘몰아치면서 풍선 터지는 소리가 폭죽놀이를 연상케 했다.

작업을 함께 한 모든 아티스트들과 우리에게는 피가 마르는 시간의 연속이었다. 그렇게 아침이 되고 풍선작품들은 전쟁터처럼 폐허가 되어있었다. 행사는 당장 다음날인데 B사 담당자가 긴급회의를 제안했다. 행사가 원활하게 진행 될 수 있도록 원상복구를 해달라는 내용이었다. 나는 남은 시간도 부족하고 일주일 동안 밤을 새운 다음이라 더는 무리라고 주장하면서 천재지변에 대한 책임을 우리만 질 수 없다고 했다. 의견이 팽팽하게 충돌했다. 얼마 뒤 상황을 전해들은 B사 이사가 찾아와 나를 찾아왔다.

"담배를 좀 피워도 되겠습니까?"

그는 긴 한숨을 내쉬며 말했다. 그리고 함께 나란히 걸으면서 이야기를 나누었다.

"안대표님, 지금 상황이 심각합니다. 무조건 천재지변만 주장하시면 안 되고 해결책을 주셔야 됩니다. 혹시 회사에 다른 결정권을 가진 남자 이사님은 없습니까?"

"모든 결정은 직원들과 상의해 대표가 합니다. 물론 책임도 제가 져야겠지요." 내가 말했다.

"행사 규모와 들어간 비용이 엄청납니다. 우리 회사에 끼친 손해를 배상 할 능력이 되겠습니까?"

B사 이사는 다소 심각한 어조로 말했다. 나는 행사 오픈 전

까지 원상복구는 힘들지만 다른 방법을 동원해서 최대한 진행할 수 있도록 하겠다고 답했다.

그제야 방법을 찾았다 싶었던지 조금 여유를 되찾은 B사 이사는 "대표가 여자라서 혹시 심하게 말하면 울까 봐 말을 못하겠다."고 했다.

나는 웃으며 "대표가 여자라서 죄송합니다. 일할 때는 남자 여자가 있나요? 제 몫은 제가 합니다."라고 답했다.

밤샘 작업을 해 다음날 행사는 무사히 진행되었다. 우리 직원들과 주변 지인, 손을 보태겠다는 모든 분들의 도움으로 행사는 성공적으로 끝났다. B사 사람들은 대표가 여자라서 해낼 수 있을까 걱정했는데 여자라서 더 섬세하게 잘 해냈다고 했다.

일은 일로 승부하면 된다. 거기에 남자 여자 따져 뭐 하겠는가. 비 오는 날 담배 같이 피우는 우정, 그런 거 걱정 없다. 난 나의 방식으로 그들보다 섬세한 나만의 전략을 가지고 있다.

지금 창업을 고민하는 여성들에게 더 당당하게 자신의 모습으로 전진하라고 말해주고 싶다. 대표가 여자라서 다행이라는 말을 들을 때까지.

당신은 공항장애입니다

째깍째깍 시계 바늘소리가 점점 크게 들리기 시작한다. 시계는 열심히 자기 소임을 다하기 위해 시, 분, 초침이 서로의 톱니를 물고 돌아가고 있는데 나의 뇌는 업무 태만이다. 화장실 가는 시간도 아끼기 위해 물도 안 마시고 책상에 앉아 있지만 아직한 문장을 다 못 쓰고 있다.

논문을 쓰기 시작해 매번 고비를 넘겨야할 때마다 나의 뇌는 업무 태만이다. 사무실 주변 가게에 하나둘 간판에 불이 꺼지면 고요한 사무실에 혼자 앉아있는 내게로 책상들이 다가오기 시작한다. 사방에 있는 책상들이 나를 향해 달려오고 나의 호흡은 심하게 거칠어진다. 시간이 흐를수록 호흡은 더 빨라지고 나는 두려움에 휩싸인다.

일하고 공부하고 가사 일까지 시작한 지 15년 차, 이제 적응될 만도 하지만 적응은 되었는데 부실한 체력 때문에 집중력은

흐려지고 지친다.

어디서 위로를 받을까 고민하다가 SNS에 글을 올렸다.

"캄캄한 밤 아무도 없는 사무실에 사방의 책 들이 나를 가두고 있다. 가슴이 답답하고 숨쉬기가 곤란하다."

새벽 4시에 올린 글에 누가 보고 댓글을 달겠는가 생각하며 잠시 논문에서 손을 놓고 앉아 있었다. 잠시 후 딩동 소리와 함께 댓글이 달렸다고 휴대폰 화면이 번쩍거렸다. 이 시간에 누가, 하는 생각으로 댓글을 확인했다.

"너의 병은 공항장애이며 해가 뜨면 즉시 김해공항에 가보고 그래도 숨쉬기가 힘들면 인천공항으로 가시오."

여명을 기다리는 세상 고요한 시간에 혼자 크게 웃었다. 댓글을 써주신 분은 나의 사수다. 내가 처음 일을 시작하게 된 동기부여와 일을 할 수 있도록 이끌어주신 분, 함께 성당의 주일학교 교사연수에 만나 수많은 나의 출장에 함께 해주신 아버지 시인 김종대. 덕분에 크게 웃고 논문작업을 다시 시작한다.

세상살이 별 거 없고 그냥 누군가의 찬밥이라도 될 수 있다면 그것 또한 행복이라고, 그래서 당신은 세상의 밥이 되기로 결심했다고 하시며, 껄껄 웃으시는 선생님 얼굴이 눈에 선하다. 이렇게 또 해가 뜨고 길가에는 다시 사람들이 북적이는 소리가 들려온다. 사무실 창으로 불쑥 고개를 들이미는 아들, 집에 가서 쉬라는 손짓을 하고는 출근을 서두른다.

어느덧 밤이 지나고 새로운 아침을 맞는다.

죽어야 사는 여자

죽어야 내가 산다.

아침부터 분주하게 가족들이 하나둘 집을 나서면 대충 정리하고 출근을 서두른다. 직원들과 모여 지난번 진행한 행사를 평가하고 커피타임이 끝나면 곧바로 강의실로 향한다. 일주일에 21시간 시간강사를 하고 있는 내게 일주일은 어떻게 지나가는지 모를 정도로 빠르게 흐른다. 대구에 강의를 갔다가 다시 포항으로 다시 창원으로 그리고 회사로. 대표로서 직원 급여를 주기 위해 매일 무에서 유를 만들어내는 나는 천하무적이 되어야 한다.

회사를 운영하며 강의하고 박사과정까지, 슈퍼맨도 하기 힘든 일이라며 주변 사람들은 진심으로 걱정해주었다. 나처럼 살면 어느 날 훅 간다는 사람도 있고 욕심이 많다는 사람, 아이들은 누가 돌봐주는지 궁금하다는 사람, 누군가는 내가 결혼을 안

한 독신인줄 알았다는 사람도 있었다. 그럴리가. 난 엄연히 두 아들과 남편이 있는 아내이자 일하는 엄마다. 그리고 사회적기업 대표다.

아침에 눈을 뜨고 집에서 나와 강의하고 행사 중인 현장으로 가서 미팅하고 다시 사무실로 들어가면 모두 퇴근하고 홀로 컴컴한 사무실에 들어가 하루를 정리한다. 다음 수업 준비부터 현장에서 미팅한 자료를 정리하고 대학원 과제까지 마치면 밤 11시가 넘는다. 사무실 인근에 조명이 하나둘 꺼지기 시작하고 밤이 깊어지면 집으로 향한다. 하지만 내게 집은 안락한 쉼터가 아니라 또 다른 직장이었다.

집에 도착하자마자 주방으로 가서 밀린 설거지부터 아침 준비, 아이들까지 챙기면 새벽이 되어서야 쉴 수 있었다. 아침에 출근하고 저녁에 퇴근하고 저녁에 다시 출근 하는 끝없는 일의 연장선에 정신은 점점 혼미해지고 육신은 병들어갔다.

그러던 어느 날, 그날도 늦은 시간 귀가를 했다. 집 앞에서 바로 집에 들어가지 못한 채 한동안 집을 올려다보았다. 집에 들어가면 또 다른 일이 기다리고 있다는 생각에 선뜻 발길이 대문으로 향하지 않았기 때문이다.

얼마의 시간이 지났을까. 내 뒤에 낯선 그림자가 길게 드리워졌다. 조금 무서운 생각이 들어 뒤를 돌아보았다. 교복을 입은 남학생이 나와 같은 방향을 쳐다보고 있는데 어두운 그믐달에 비치는 모습이 큰아들처럼 보였다. 나는 큰 소리로 불렀다.

"아들!" 큰아들은 힘없이 "엄마."라고 답했다.

"왜 집에 안 들어가고 그러고 서 있어?" 아들에게 물었다.

아들은 "그러는 엄마는 왜 집에 안 들어가고 그렇게 서 있어?" 했다.

큰아들과 나는 아무 말 하지 않았지만 서로의 마음을 알고 있었다.

작은아들에게 "엄마 눈에 눈물 나게 하면 절대 용서하지 않겠다."고 했던 큰아들. 그런 아들이 집에 들어가기 전 힘든 내색을 지우기 위해 잠시 멈춰 서있던 것을 알고 있다. 나 또한 집에 들어가기 전 잠깐 한숨을 돌리고 있다는 걸 큰아들도 알고 있었을 것이다.

우리 두 사람은 손을 잡고 집에 들어갔다. 기다리던 작은아들과 남편은 "어, 같이 들어오네." 했다.

한마디도 하기 싫을 만큼 강의를 많이 한 날이라도 집에서는 해맑게 웃으며 아들과 남편에게 최선을 다하려고 노력했다. 내가 좋아서 하는 일이니 가족에게 피해를 주어서는 안 된다는 생각에 늘 미소를 장착하고 힘든 내색을 하지 않으려 했다.

하지만 집 앞에 서있는 큰아들을 보는 순간 아들 역시 나와 마찬가지 입장임을 알았다. 엄마가 걱정할까 말도 못하고 물끄러미 집을 바라보던 아들의 모습에 가슴이 아팠다.

침대에 누우면 깊은 늪에 빠진 것처럼 온 몸이 빠져 들어갔

다. 이대로 깨어나지 말았으면 하는 생각을 하며 잠을 청하기도
했다.

　나는 매일 밤 죽었고 매일 아침 다시 살아났다. 나 스스로를
'죽어야 사는 여자'라 부르게 된 이유다.

　그럼에도 불구하고 내게 매일 새로운 생명을 불어넣어준 건
다름 아닌 아이들이었다. 가족이 있어 버틸 수 있었던 시간, '엄
마라서 미안하지만' 엄마라서 괜찮다.

　나는, 우리 가족은 오늘도 이렇게 주어진 하루를 극복하는
중이다.